Les trois coups de minuit

Souris noire

Collection dirigée par Natalie Beunat

Retrouvez Lily et Lucas dans d'autres aventures :
Nuit blanche au musée, coll. « Souris noire », Syros, 2016
Énigme au Grand Stade, coll. « Souris noire », Syros, 2016

Couverture illustrée par Anne-Lise Nalin

ISBN : 978-2-74-851745-3

DANIELLE THIÉRY

Les trois coups de minuit

SYROS

Prologue

Pan Pan Pan Pan Pan Pan Pan Pan Pan Pan Pan!

Pan! Pan! Pan!

Les onze coups rapprochés suivis de trois plus espacés retentirent dans le théâtre des Trois-Coups, soulevant quelques volutes de poussière. L'assistance frissonna de plaisir. Le rideau rouge s'anima alors, comme poussé par une brise légère.

De son poste d'observation, Lily n'en perdait pas une miette. Dès que celui qui maniait le «brigadier» – un long bâton entouré de velours grenat rehaussé de fils d'or – aurait frappé les trois coups, le rideau s'ouvrirait complètement sous les applaudissements de la salle surchauffée. Le décor apparaîtrait : une enfilade de colonnes romaines en carton-pâte sur un fond de ciel en papier plus vrai que nature. Sur ce faux palais égyptien, les éclairages étudiés des gros projecteurs dominant l'avant-scène poseraient des couleurs de coucher de soleil.

Depuis deux mois que l'on jouait *Antoine et Cléopâtre* de William Shakespeare, Lily était là presque tous les soirs, embusquée dans le « trou du souffleur ». Une sorte d'alcôve entièrement close située sous la scène. Le trou ne servait plus depuis qu'on avait remplacé le souffleur par un prompteur ou, mieux encore, par une oreillette invisible que les acteurs utilisaient quand ils commençaient à se faire vieux. Lily avait entendu dire qu'il n'en existait plus qu'un autre en France, à Paris, au théâtre de Chaillot. Celui-ci était devenu sa cabane car, en dehors d'elle, personne n'y descendait plus.

Lily récita à voix basse les mots de la première réplique, celle que Cléopâtre allait prononcer en entrant sur scène. La reine d'Égypte dirait à Antoine son amour infini et les tourments qui en découlaient pour elle. Les catastrophes aussi qu'elle pressentait à cause de cette histoire insensée. Lily en connaissait par cœur la fin tragique.

1

Les yeux grands ouverts pour ne pas rater le moment tant attendu, Lily fut perturbée par un mouvement insolite du côté droit de la scène. Il y avait là quelqu'un qui n'avait rien à y faire. Elle fronça les sourcils car la personne, une femme, semblait ne pas vouloir s'en aller. Au moment où Cléopâtre faisait son entrée sous les applaudissements du public, l'inconnue se mit enfin en mouvement pour rejoindre l'ombre des coulisses. Lily reconnut Janita Perez et sa silhouette voûtée à cause de toutes les années passées à se courber sur les costumes de scène. Ses grosses lunettes lui donnaient l'air d'un hibou effarouché par la lumière et elle ne souriait jamais. Celle que l'on appelait « madame Janita » dirigeait une équipe de plusieurs couturières et accessoiristes. Lily se demanda ce qu'elle faisait là, à cette heure, alors qu'elle rentrait habituellement chez elle bien avant le début du spectacle. Les gens disaient qu'elle avait une fille handicapée et que cela lui ruinait la vie.

Pourtant, bien vite accaparée par l'éblouissante Cléopâtre qui déclamait avec force son amour maudit, Lily oublia l'apparition de la chef costumière.

Ce soir n'était pas comme les autres. On donnait la dernière représentation et ce n'était pas sans un pincement au cœur que Lily songeait au silence qui régnerait le lendemain dans la vieille bâtisse. Le « brigadier » ne sortirait pas de son coin, le rideau resterait fermé et les colonnes de faux marbre se retrouveraient au sous-sol, avec les décors antiques. Les comédiens s'éparpilleraient ou rejoindraient une autre troupe pour un nouveau spectacle. La nostalgie n'était pas loin et Lily se ressaisit en se disant qu'un théâtre ne reste jamais vide très longtemps et que, sans doute, un autre projet était déjà lancé. Elle pria intérieurement pour que le séjour de sa famille au théâtre des Trois-Coups se prolonge encore longtemps. Jean et Alice Rose, ses parents, avaient été envoyés ici pour remplacer le gardien, un vieux bonhomme parti à la retraite. Ils effectuaient des intérims dans des lieux très divers, selon les besoins de l'agence qui les employait. Ils travaillaient en couple : Jean, gardien, surveillant, intendant, homme à tout faire en quelque sorte, Alice, responsable de l'entretien et du ménage. Ils pouvaient aussi bien se retrouver dans un musée, un stade, un collège ou... une salle de spectacle comme celle-ci. Pour la plus grande joie de Lily qui s'était découvert une passion pour le théâtre. Lucas, son frère jumeau, ne partageait pas cet engouement, considérant en général comme inutile tout ce qui n'était pas en rapport direct avec ses études. Il aimait les mathématiques et les sciences, et, plus encore, l'informatique. De plus, Shakespeare l'ennuyait. Pire, il jugeait *Antoine et Cléopâtre* assommant et interminable. Quant à Jean Rose, il n'appréciait pas plus que cela l'ambiance du monde artistique et Alice n'y était guère sensible non plus. Résultat,

Lily était la seule de la famille à assister au spectacle et elle en savourait chaque minute avec joie.

Ce dernier soir était vraiment exceptionnel. Ce samedi, Lily avait été autorisée par son père à rester jusqu'à la fin de la représentation et même au-delà. Car, après le tomber de rideau et les salves d'applaudissements enthousiastes, il y avait un « pot de dernière ». Les comédiens, les techniciens, les éclairagistes, le metteur en scène et quelques-uns de leurs amis s'étaient réunis au foyer pour boire un peu de champagne accompagné de petits gâteaux et de toasts. L'actrice qui avait joué le rôle de Cléopâtre avait embrassé Lily et la jeune fille en était toute remuée. La comédienne lui avait même dédicacé un programme oublié sur un siège par un spectateur !

À présent, les derniers échos de la soirée se dispersaient, ponctués par le claquement des serrures et le grincement des grilles que Jean Rose fermait les unes après les autres. Les retardataires sortiraient par l'entrée des artistes. Jean irait en verrouiller la porte plus tard, quand le silence régnerait pour de bon entre les vieux murs.

Lily quitta le foyer pour se diriger vers le logement qu'occupait la famille Rose à l'extrémité du théâtre. C'était un petit appartement un peu sombre, une sorte de cocon qui, selon Alice, aurait mérité un bon ravalement. Lily s'y sentait bien car il était chargé d'histoire. De nombreuses personnes avaient vécu là, quelques-unes étaient devenues célèbres. On disait que Sarah Bernhardt y avait pris le thé et qu'un illustre comédien avait dormi deux jours d'affilée dans une des chambres après un abus de champagne ! On y accédait le plus souvent par l'intérieur du théâtre. Toutefois, il disposait également d'une entrée sur une étroite impasse débouchant rue de la Liberté, en plein centre-ville.

Lily longea le couloir des loges, apercevant par les portes entrouvertes quelques costumes de scène abandonnés. La robe blanche brodée de fils d'or de Cléopâtre gisait sur un canapé de velours grenat. Elle resterait là jusqu'au lundi, sauf si madame Janita avait décidé de s'en occuper ce soir. Ce qui était fort possible étant donné que Lily avait aperçu la chef costumière une ou deux fois encore, bien après la fin du spectacle.

Elle ne s'était cependant pas mêlée à la fête et Lily se dit qu'elle avait sûrement un travail à finir.

Alors qu'elle allait s'engager dans l'escalier qui menait au rez-de-chaussée jusqu'à l'appartement familial, Lily fut arrêtée par une ombre qui lui barra le passage. Elle sursauta, plus surprise qu'effrayée.

– Alors, jolie Lily, qu'est-ce que tu fais debout au milieu de la nuit?

Lily reconnut monsieur Picard, le régisseur général du théâtre, et elle en éprouva un brusque malaise.

– Il n'est que minuit! protesta-t-elle, irritée de constater que sa voix était enrouée.

– Oh! vraiment? Tu sais que tu es très mignonne, toi? insista l'homme en se penchant vers elle.

Lily sentit son haleine près de son visage. Désagréable. Il avait participé au pot de dernière et bu du champagne comme tout le monde. Peut-être un peu plus que les autres.

– Laissez-moi passer, monsieur Picard, il faut que je rentre chez moi! Mon père va s'inquiéter.

– Ton père? Mais il a encore du travail, que je sache! Il a sa ronde à faire! Et ne m'appelle pas monsieur, je t'en prie, Lily, appelle-moi Gérard ! Tu sais que je pourrais te montrer des endroits secrets dans le théâtre, hum ? Où personne ne va jamais, à part moi. Ça te dirait ?

Il penchait la tête de côté comme un oiseau, et son sourire idiot mit Lily hors d'elle. L'appeler Gérard ? Et puis quoi encore ? Sans en déterminer la raison, elle détestait cet homme. Chaque fois qu'elle le croisait, il s'arrangeait pour minauder. Ou bien il la frôlait ou lui prenait le bras. Lily avait surpris le bonhomme en train de jouer le même manège avec les jeunes comédiennes ou les stagiaires que madame Janita était obligée d'embaucher lorsqu'il y avait un surcroît de travail. Rien de bien méchant, mais Lily restait sur ses gardes. Elle aurait voulu en parler à son père mais celui-ci béait d'admiration devant monsieur Picard. Un homme qui savait tout faire de ses mains, disait-il. Jean l'avait vu grimper dans les cintres – la partie située en haut de la scène, où l'on escamote les décors – avec l'agilité d'un chimpanzé. Dénigrer monsieur Picard revenait presque à le dénigrer lui-même ! Lily se jura que, s'il persistait, elle n'hésiterait pas à dénoncer l'attitude bizarre du régisseur.

Agacée et à vrai dire pas très rassurée, elle tenta de le contourner, mais il fit un pas de côté pour l'empêcher de passer.

– Tu aimes le théâtre, Lily? insista-t-il avec un sourire en coin. Je veux dire, l'endroit, ici, le bâtiment?

– Bien sûr, marmonna Lily dont le visage indiquait clairement qu'elle ne voulait pas prolonger la discussion.

– Je suis sûr que tu apprécierais...

Il ne put achever sa phrase car des pas se firent entendre à l'autre bout du couloir des loges.

– Voilà mon père! s'exclama Lily, soulagée.

Même si ce n'était pas Jean Rose, quelqu'un allait passer par là et la tirer de cette situation désagréable.

Lily se retourna d'un bloc vers les loges obscures et désertées, prête à crier si monsieur Picard ne la laissait pas tranquille. Après quelques secondes, Jean fit son apparition. Il ouvrit de grands yeux en apercevant sa fille, sans remarquer sa pâleur et son air effrayé. Au contraire, une expression de contrariété passa sur son visage.

– Dis donc, ma fille, tu devrais être au lit, il me semble ! Tu exagères, Lily !

– Mais, papa...

– Il n'y a pas de « mais papa » !

– Je ne pouvais pas rentrer à cause de... lui !

Lily fit un geste énervé en désignant le couloir derrière elle. Son père se pencha pour essayer de voir ce que sa fille avait imaginé pour sa défense. Il prit un air dubitatif.

– Ah oui? Et qui est-ce, « lui »?

D'un bond, l'adolescente se retourna, contemplant le couloir, aussi vide que le théâtre tout entier. Cette « crapule » de monsieur Picard s'était éclipsée en douce !

– Lily, vraiment ! dit Jean Rose en secouant la tête. Tu inventerais n'importe quoi pour te tirer d'affaire.

Il tendit le bras vers elle comme l'avait fait Picard quelques instants plus tôt mais, cette fois, Lily se laissa entourer les épaules et entraîner vers l'appartement.

– Allez viens, fit son père avec indulgence, on rentre.

2

Alice Rose se leva vivement de son fauteuil quand elle entendit la porte s'ouvrir. Son mari et sa fille entrèrent bras dessus bras dessous et elle soupira d'aise. Oh, bien sûr, il n'y avait rien à craindre dans ce vase clos qu'était le théâtre, mais Alice était une mère poule qui passait son temps à frémir à la pensée de ce qui pouvait arriver à ses jumeaux. Pour eux, le danger était évidemment dehors, dans la rue et sur le trajet du collège, mais c'était plus fort qu'elle, tant que tout son petit monde n'était pas au chaud sous la couette, elle était inquiète.

Et puis, ce soir, il y avait autre chose. Une infime crispation sur le visage de Lily, un imperceptible signe que quelque chose la gênait et qui, manifestement, échappait à son mari.

– Je suis fourbu, lança Jean en suspendant derrière la porte d'entrée la grosse lampe torche qui lui servait au cours de ses rondes dans le théâtre, je vais me coucher.

Il embrassa sa fille et sa femme, et s'en fut vers le fond de l'appartement. Lily était sur le point de lui emboîter le pas mais sa mère l'arrêta :

– Tu veux un verre de lait, ma chérie ? Tiens, assieds-toi !

Lily obéit à contrecœur. Elle subodorait que sa mère avait deviné son malaise. C'était ainsi : Alice sentait, devinait tout. Lily s'entraînait à masquer ses émotions mais, trop impulsive, elle y parvenait mal. Au contraire de Lucas, plus réservé que sa sœur mais aussi moins sensible. Pour le moment, elle n'avait pas l'intention d'inquiéter sa mère qui ne manquerait pas d'en parler à son père, et, inévitablement, ça ferait un drame.

– Quelque chose ne va pas ? s'inquiéta Alice en tendant à sa fille un verre de lait froid.

– Mais non, maman, tout va bien !

Lily s'empressa de plonger le nez dans son verre pour éviter le regard attentif de sa mère.

– Tu es sûre ? Tu t'es encore disputée avec ton père ?

Cela arrivait de plus en plus fréquemment. Jean avait du mal à admettre que sa petite fille chérie devenait une jeune fille dont les besoins évoluaient et qui revendiquait de jour en jour plus d'indépendance.

– Mais non, maman, répéta Lily, qu'est-ce que tu vas chercher ? Ça va, je t'assure.

Toute son attitude disait le contraire. Alice n'aimait pas son air chiffonné mais insister pour connaître la vérité aurait conduit la mère et la fille à une discussion sans issue. Elle préféra en rester là, remettant à plus tard les questions, persuadée que Lily lui cachait quelque chose.

Lily s'arrêta devant la porte de Lucas. Tout était silencieux dans la chambre, comme d'habitude : le frère jumeau de Lily n'était pas un oiseau de nuit. Il n'y avait pas si longtemps encore, il s'endormait à table, à peine le dessert avalé, tandis que Lily n'était jamais prête à aller au lit. Elle hésita. Elle avait envie de le réveiller pour lui faire part de la colère qu'elle ressentait encore à l'encontre de monsieur Picard. S'il y avait une personne à qui elle pouvait confier ses tracas, c'était bien Lucas. Posé et réfléchi, il saurait analyser les choses et donner son avis. Lily pourrait alors décider d'en parler aux adultes ou d'attendre encore.

Elle entendit les pas de sa mère qui venait d'éteindre dans la cuisine et de fermer la porte d'entrée à clef. Elle allait la trouver là, dans moins de dix secondes. Cette fois, plus de doute, elle saurait que Lily avait un souci. Et elle ne fermerait pas l'œil de la nuit ou, pire encore, elle ne lâcherait pas sa fille avant qu'elle ne lui ait dit ce qui la tracassait.

Le cœur lourd, Lily se glissa dans sa chambre qui sentait le vieux bois. Elle tira devant les vitres sombres les rideaux de taffetas rose pâle et se déshabilla très vite. En pyjama, elle attendit un moment pour être sûre que sa mère avait bien regagné sa chambre. Alors, doucement, elle mit en route sa console de jeux, plaça un casque sur ses oreilles et rejoignit son amie Lara Croft pour des aventures cybernétiques.

3

Quand Lily et Lucas rentrèrent du collège le lundi après-midi, il régnait dans le théâtre une agitation particulière. Ils en eurent la confirmation une fois chez eux. Alice Rose, qui secondait son mari pour toutes les questions matérielles et d'organisation, avait étalé devant elle sur la table de la cuisine le planning qu'on lui avait remis dans l'après-midi.

– Qu'est-ce qui se passe? demanda Lily, gagnée par la curiosité.

– Une nouvelle pièce! s'exclama Alice, tout en remarquant que les yeux de sa fille se mettaient à briller.

– Quoi? Quelle pièce?

– Oh! pitié, bougonna Lucas, ça y est, la revoilà en transe!

– Allez, maman, s'impatienta Lily, dis-moi quelle pièce!

– *L'École des femmes*... Les répétitions commencent demain.

Lily vacilla de surprise et de joie. Molière! *L'École des femmes*! C'était «le» spectacle de l'année! Tout le monde en parlait depuis des semaines. Qu'il soit programmé ici, aux Trois-Coups, voilà un scoop qui la laissait ahurie.

– Il paraît que le metteur en scène et une grande partie de la troupe sont nés dans cette ville. D'après ce que j'ai compris, ils veulent lancer la pièce ici, pour la roder et ensuite la monter à Paris...

– C'est super! s'enthousiasma Lily. Vraiment super-génial!

– C'est super-génial! la singea Lucas. J'te dis pas l'enfer... Tu vas encore passer ton temps dans ton trou de souffleur, au lieu de bosser...

– Tu fais ça si bien... toi! le contra la jeune fille. Un vrai Einstein! Oh! maman, j'en reviens pas...

Elle pencha la tête de côté, affecta un air ingénu :

– Le petit chat est mort, dit-elle d'une voix toute douce.

Lucas resta figé, l'air idiot de celui qui entend une énormité et a du mal à la croire. Il regarda vivement autour de lui et aperçut Rondoudou, le chaton trouvé dans la cour trois semaines plus tôt, tranquillement assoupi dans son panier.

– T'es vraiment malade, toi, s'exclama-t-il, il est là, le petit chat !

Sa mère et sa sœur se regardèrent avant d'éclater de rire. Alice cessa la première, prise de remords envers le pauvre Lucas. Lily mit plus de temps à s'arrêter, elle riait tellement qu'elle en avait les larmes aux yeux.

– C'est une réplique de la pièce, idiot ! put-elle enfin prononcer, sans pitié. T'es vraiment ignare !

Lucas, aussi blond que sa sœur était brune, rougit de contrariété.

– Ça dépend pourquoi, rétorqua-t-il, vexé, moi j'apprends des choses qui servent, au moins !

Lily haussa les épaules et fit voler ses cheveux, toujours moqueuse.

Puis, n'y tenant plus, elle se dirigea vers la porte de l'appartement qui conduisait aux entrailles du théâtre, sans prendre le temps d'avaler le sacro-saint verre de lait qu'Alice avait servi à ses enfants aussitôt qu'ils étaient entrés.

– Maman t'a dit que les répétitions commencent demain, t'es pas obligée de te précipiter ! lui cria Lucas, décidément en colère.

– Occupe-toi de tes affaires ! répliqua Lily en tournant les talons.

La porte claqua. Alice s'approcha de Lucas et lui posa un baiser tendre sur le front. Elle savait bien ce qui dérangeait son fils. Plus que toutes les autres passions de Lily, le théâtre éloignait celle-ci de son frère et il le supportait mal. Pourtant, il était logique que les jumeaux, comme tous les frères et sœurs, vivent chacun sa vie un jour ou l'autre.

– Laisse-la faire, dit Alice avec indulgence, elle adore ça, tu sais bien...

– J'espère qu'elle ne deviendra pas une de ces artistes...

– Pourquoi pas ?

– C'est nul. Ça ne sert à rien. C'est pas un métier, en tout cas.

Ce n'était peut-être pas un métier aux yeux de Lucas, mais Lily fonçait déjà vers l'atelier des costumes car elle savait que, avant même la première répétition, les petites mains des couturières entraient en action. C'était le cas ce soir. Une vraie ruche ! Elles étaient toutes là, affairées.

– Tiens, Lily ! s'exclama une jeune fille brune, enjouée. Tu viens prendre des cours de couture ?

Lily fit la moue. Le théâtre, la comédie, oui ! Mais la couture... Ce n'était pas précisément sa tasse de thé. Alice avait bien essayé de l'intéresser aux travaux manuels, en vain. Et puis, Lily était une gauchère pour le moins maladroite.

– Non, pas aujourd'hui, répondit-elle avec ironie, une autre fois peut-être... Qu'est-ce que tu fais, là, Marie ?

– Je prépare la robe de la comédienne qui va jouer le rôle d'Agnès... Tu sais, c'est Maud Aubert...

– Quoi ? Maud Aubert ? Je le crois pas !

– Si ! Elle va venir demain avec les autres comédiens. J'ai tellement hâte de la voir !

– Et moi donc ! Dommage que je doive aller en cours...

Ses pensées s'égarèrent un instant du côté de cette Maud Aubert, si belle et si douée qu'elle faisait rêver toutes les filles. Maud faisait du théâtre dans un club de quartier tout en aidant ses parents qui vendaient des fruits sur les marchés. Un jour, un metteur en scène l'avait remarquée. Dès son premier rôle, elle avait été propulsée en haut de l'affiche. Un conte de fées. C'était une star à présent et les mauvaises langues disaient qu'elle avait un peu attrapé la grosse tête.

Soudain, madame Janita surgit par une porte entrebâillée. Lily sursauta, comme prise en faute. Elle n'avait pas vu venir la chef costumière qui se trouvait dans la réserve – une pièce contiguë à l'atelier –, occupée à répertorier les costumes d'*Antoine et Cléopâtre*.

– C'est bientôt fini, ces bavardages? s'écria madame Janita avec une pointe d'accent espagnol.

Elle arborait un air tellement sévère qu'il la rendait laide, faisant presque disparaître ses lèvres. Lily en resta muette tandis que Marie s'éclipsait vers le fond de la pièce, emportant vivement la robe à laquelle elle était en train de coudre des volants en dentelle.

– Écoute-moi ! fit encore madame Janita, je veux bien que tu viennes ici mais à condition que tu ne distraies pas les filles. C'est bien compris ?

– Oui, s'empressa de répondre Lily. C'est compris.

Madame Janita fit signe à un jeune homme qui attendait près des costumes d'*Antoine et Cléopâtre* et, aussitôt, le garçon tira sur une corde enroulée autour d'une poulie. Le portant se mit à s'élever lentement dans les airs sous le regard étonné de Lily. Elle n'avait encore jamais mis les pieds dans la réserve. Elle fit un pas en avant, découvrit une pièce tout en longueur, encombrée d'un incroyable bric-à-brac : ballots de tissu, mannequins en toile posés sur des trépieds de bois, piles de boîtes remplies de chaussures, bottes, chapeaux... À quelques centimètres du plafond, d'autres portants, plusieurs dizaines peut-être, étaient alignés. Fascinée, Lily se tordit le cou pour ne rien perdre du spectacle. Les costumes rejoignirent les autres et le portant s'immobilisa sous le plafond dans un dernier soubresaut.

– C'est bon, Grégoire, grogna Janita à l'intention du garçon, c'est tout pour ce soir, tu peux disposer...

Grégoire ne se fit pas prier pour s'esquiver.

– Eh bien, Lily ! fit la chef costumière sur un ton exaspéré, tu comptes passer la nuit ici ?

– Non, non, bredouilla l'adolescente, qui ne parvenait pas à détacher ses yeux de toutes les merveilles entassées dans la pièce.

– Alors, file ! Sinon je t'enferme avec tous ces fantômes !

Janita n'était vraiment pas commode mais cet après-midi encore moins que jamais. Il sembla à Lily qu'il y avait comme une arrière-pensée dans les mots qu'elle prononçait. Fantômes... La jeune fille retourna dans l'atelier et la responsable fit claquer la porte derrière elle. Elle donna deux tours de clef et suspendit celle-ci à un clou fixé à côté de la porte, au-dessus d'un vieux calendrier des Postes. Après quoi, elle traversa la grande pièce en jetant à gauche et à droite des regards courroucés sur les couturières et les accessoiristes qui, le nez plongé sur leur ouvrage, faisaient semblant de ne pas s'apercevoir de sa mauvaise humeur.

Alors qu'elle se dirigeait à regret vers la sortie pour regagner l'appartement et la sinistre corvée des devoirs, Lily aperçut monsieur Picard sur le pas de la porte. Le régisseur général jetait des regards furtifs à une stagiaire récemment arrivée, Natacha, une jeune fille de presque seize ans. Plutôt taciturne, elle aimait cependant bien parler avec Lily depuis un mercredi où, à la pause-déjeuner, celle-ci l'avait trouvée seule dans son coin, terminant son sandwich. Elle avait proposé à la jeune fille de lui faire visiter le théâtre. D'abord intimidée, celle-ci avait finalement accepté.

Courbée sur sa machine à coudre, la jeune couturière ne se rendait pas compte de la présence de Picard. Lily retint son souffle en s'approchant de l'homme qui barrait la sortie. Puis elle constata que son père était là aussi, un peu en retrait. Sa présence la soulagea.

– On pourra commencer les essayages demain? demanda monsieur Picard d'une voix forte qui fit sursauter tout le monde. N'est-ce pas, Natacha?

– Je ne sais pas, bredouilla la jeune fille en rougissant, il faut demander à madame Janita...

Monsieur Picard éclata de rire, comme si le fait d'avoir surpris et troublé la jeune apprentie le mettait en joie. Irritée, Lily entendit son père rire aussi. Quand elle passa près du régisseur, il ne lui jeta pas un regard. Elle s'éclipsa, interloquée par l'attitude décidément surprenante de cet homme. Résolue à parler du comportement de Picard à son frère, elle trouva Lucas penché sur ses mathématiques. Il boudait vaguement et les tentatives de sa sœur pour l'intéresser aux problèmes du théâtre ne reçurent aucun écho.

4

Plusieurs jours s'écoulèrent. Les répétitions s'enchaînaient. Hélas pour Lily, le metteur en scène refusait obstinément que quiconque y assiste. Elle avait tout essayé. Rien à faire. Et, comble de déconvenue, il avait demandé que l'on occulte le trou du souffleur sous prétexte que Maud Aubert sentait des courants d'air. Certains disaient qu'elle était superstitieuse. Selon d'autres mauvaises langues, elle redoutait que quelqu'un de malveillant ne se cache dans ce trou.

– C'est une capricieuse, oui ! avait conclu Lily, en colère.

Une seule personne aurait pu débloquer la situation, mais Lily se refusait à demander quoi que ce soit à monsieur Picard, même par l'intermédiaire de son père. Le vendredi, elle n'avait toujours rien vu de la pièce-événement. Une seule fois, l'oreille collée à la double porte du foyer, elle avait capté quelques répliques :

Agnès

Pourquoi me quittez-vous ?

Horace

Chère Agnès, il le faut.

Agnès

Songez donc, je vous prie, à revenir bientôt.

Horace

J'en suis assez pressé par ma flamme amoureuse.

Agnès

Quand je ne vous vois point, je ne suis point joyeuse.

Horace

Hors de votre présence, on me voit triste aussi...

La voix de Maud, mélodieuse, celle d'Armand, chaude, affirmée... Lily bouillait de ne pouvoir entrer. De ne pas voir les comédiens, de devoir se contenter des « on-dit » qu'elle récoltait à l'atelier des costumes. Tout le monde était en effervescence et, là aussi, on subissait l'humeur du metteur en scène et les exigences de la fantasque Maud.

– Elle est insupportable, se plaignaient les unes.

– Elle a oublié d'où elle vient et pourquoi elle est là, marmonna un jour madame Janita.

Tout le monde se tut car elle ne parlait quasiment plus depuis l'arrivée de la troupe, sauf pour rouspéter après l'une ou l'autre de ses employées. Pour tout dire, elle suscitait l'inquiétude générale car, depuis la première répétition, on la surprenait souvent, embusquée derrière les rideaux des coulisses, à marmonner entre ses dents des paroles incompréhensibles.

Ce vendredi, Lily avait encore une fois été refoulée à l'entrée de la salle de spectacle et c'est en passant devant l'atelier qu'elle comprit qu'un événement grave venait de se produire : il y avait de l'électricité dans l'air.

– Qu'est-ce qui se passe ? interrogea-t-elle alors que des gens couraient dans tous les sens.

– Maud Aubert est tombée dans les pommes !

– Non ?

– Si !

L'information venait de Marie.

– Explique ! ordonna Lily qui mourait de curiosité.

– Eh bien, elle est entrée en scène, elle allait bien...

– Tu veux dire qu'elle était chiante, comme d'habitude ?

Marie étouffa un petit rire :

– Exactement ! Je l'avais aidée à s'habiller et...

– Toi ? s'exclama Lily. Mais je croyais que la star, c'était la chasse gardée de madame Janita !

– Chut ! Moins fort, elle va nous entendre ! Déjà qu'elle est d'une humeur de chien depuis le début de la semaine !

Lily baissa d'un ton :

– D'accord, d'accord, mais c'est le boulot de Janita, d'habitude !

– C'est vrai, mais là, elle m'a dit de m'en occuper... J'ai obéi, tu parles !

– Et alors ?

– Alors ? Maud a joué la première scène, normalement. Après, elle a commencé à dire qu'elle avait trop chaud, puis qu'elle avait froid...

– Comme d'hab, quoi...

– Sûr, gloussa Marie, mais là, elle avait vraiment l'air de ne pas aller bien du tout. Elle disait qu'elle se sentait étouffer. Le metteur en scène m'a appelée. Il pensait que la robe était trop serrée, ou je ne sais quoi. Je me suis dit que c'était moi qui allais prendre... Je suis allée sur la scène, j'ai vérifié la robe, aucun problème. Maud avait des plaques rouges sur le cou et le visage, et ses lèvres gonflaient... J'ai pris peur. Le chef de plateau est arrivé en courant parce qu'il avait vu la même chose, et puis Armand Palmer, le partenaire de Maud... À ce moment-là, Maud est tombée... Paf! D'un coup! Dans les vapes. Tout le monde s'est précipité et on m'a éjectée de la scène.

– Et elle est où à présent? fit Lily, toute retournée.

– Ils ont appelé une ambulance, elle est à l'hosto...

– Ça alors!

– Ouais... comme tu dis.

Pour essayer d'en apprendre davantage, Lily sortit de l'atelier et se glissa dans le couloir des loges. Il régnait partout un grand remue-ménage. Les techniciens ne savaient plus où se mettre car le metteur en scène, faute de mieux, passait ses nerfs sur eux. Jean Rose discutait avec monsieur Picard et la conversation paraissait animée. Les comédiens, désœuvrés, semblaient désemparés. Le metteur en scène se mit finalement à marcher de long en large, visiblement très contrarié. Lily l'entendit pester contre Maud Aubert, la soupçonnant de lui avoir caché une maladie.

– Une maladie tropicale, dit un des acteurs, et tous les autres éclatèrent de rire comme s'ils en profitaient pour libérer leur stress.

– Elle est peut-être enceinte, supposa une fille qui zézayait.

Les rires redoublèrent et Lily, consternée, en conclut que tous ces gens n'aimaient pas beaucoup Maud Aubert qui, pourtant, était son idole à elle.

– Qu'est-ce que ça a de drôle ? cria le metteur en scène, hors de lui. Taisez-vous ! Allez-vous-en ! Rentrez chez vous ! Mais soyez là demain sans faute ! On verra si Maud est rétablie et, si elle ne l'est pas, je trouverai quelqu'un d'autre.

Lily, troublée, assista au départ des comédiens, puis elle retourna faire un tour dans le théâtre avant de regagner l'appartement pour ce qu'elle repoussait depuis maintenant une heure : un devoir de physique. Une horreur. Elle ne rencontra personne mais, alors qu'elle allait s'engager dans l'escalier menant chez elle, elle aperçut une silhouette qui venait des loges en rasant les murs. Lily reconnut madame Janita et se demanda pourquoi la costumière faisait autant de manières pour passer inaperçue.

5

Jean Rose n'était jamais très loquace. Ce soir, il était encore plus silencieux que d'habitude. Il mangeait sans un mot, le visage crispé. Alice lui jetait des coups d'œil inquiets. Mais chaque fois qu'elle ouvrait la bouche pour lui poser la question qui lui brûlait les lèvres («Que s'est-il passé qui te mette dans cet état?»), le père de famille s'évertuait à changer de sujet, à demander le sel ou à faire une réflexion sur le dîner: «C'est un peu chaud, c'est bon...» Alice connaissait son mari et, si elle ne savait pas ce qui le préoccupait, elle devinait qu'il ne voulait pas en parler en présence des enfants.

Les jumeaux se chamaillaient. Autant pour meubler le silence que par habitude. Inséparables et toujours comme chien et chat. La dispute portait ce soir sur un groupe de musiciens venu d'Allemagne auquel Lily était «totalement accro» et que Lucas – le contraire aurait surpris tout le monde – ne supportait pas. Il faut croire que leur père était vraiment perturbé car il n'intervint à aucun moment dans le duel verbal de ses enfants, et sa femme, souvent obligée de faire la police à sa place, n'en eut simplement pas la force ce soir-là.

Le repas fut du genre expéditif et les jumeaux regagnèrent chacun sa chambre après une dernière bataille rangée à propos de Tokio Hotel et de son chanteur Bill, méga-top selon Lily, plus que naze au dire de Lucas.

Lily s'installa à son bureau sans parvenir à se concentrer sur ce fichu devoir de physique. Elle entendit qu'à côté Lucas avait mis un disque de musique classique. Depuis un an, il s'était mis en tête d'apprendre le violon. Il avait une oreille d'enfer et, en quelques mois, il avait fait des progrès indéniables. Lily n'avait aucun don musical, elle détestait cet instrument et espéra très fort que Lucas ne se mettrait pas en tête de jouer ce soir. Heureusement il ne sortit pas l'instrument de son étui et seule la musique de Prokofiev, interprétée par un musicien canadien, fit écho aux pensées moroses de la jeune fille. Pêle-mêle, elle revivait les événements de l'après-midi, et bien des choses lui semblaient anormales.

Le visage tendu de son père à table l'avait confortée dans l'idée que ce qui était arrivé n'était pas un simple incident. Surtout, Lily avait ressenti une inhabituelle animosité entre lui et monsieur Picard lorsqu'elle les avait aperçus en train de discuter.

Par-dessus les notes plaintives du violon, elle entendit ses parents regagner leur chambre. Déjà ? Pourtant, à la fin de la journée, ils restaient un moment au salon, à regarder une émission à la télé ou bien à visionner un film ou un match de foot (eux aussi se disputaient souvent sur le programme !). Que se passait-il donc ce soir ? Leurs voix lui parvinrent, assourdies. Une discussion ? À quel sujet ? Pour qu'ils prennent autant de précautions, ce devait être important. Lily tendit l'oreille et retint son souffle pour tenter de capter le sens de la conversation. Rien à faire à cause de ce fichu violon !

Lily colla son oreille à la cloison. Ce n'était pas mieux. Elle comprit un nom, plutôt un prénom : « Gérard », prononcé un peu vivement par sa mère. La voix de son père fit « chut » et Alice baissa d'un ton. Lily ne saisit pas la suite. Folle de curiosité, elle se dirigea à pas de loup vers la porte. Les vieux gonds grincèrent malgré ses précautions. Heureusement, personne ne sembla s'en apercevoir. Une fois dans le couloir, Lily songea d'abord à aller dire à Lucas de couper le son. Cependant, le connaissant, il était capable de faire le contraire ou, pire, de sortir son violon et de se mettre à jouer. Elle opta donc pour l'autre solution. Sur la pointe des pieds, elle s'approcha de la chambre de ses parents.

– Ah ! bravo ! Ça, c'est la meilleure !

Lily tressaillit violemment, au point qu'elle faillit heurter la porte de la chambre.

– Chut ! fit-elle à son tour en se redressant brusquement.

Lucas était sorti de sa chambre, en pyjama et en chaussons. Il croisa les bras, l'air estomaqué :

– T'écoutes aux portes, maintenant !

– Tais-toi, les parents vont t'entendre ! Je vais t'expliquer...

D'un bond, Lily fut sur son frère et le prit par le bras pour le repousser dans sa chambre. Le garçon se rebiffa :

– Oh ! on se calme ! J'allais juste aux toilettes !

– T'iras plus tard, j'ai des trucs à te dire !

– T'as vraiment un grain, toi ! J'y vais, que ça te plaise ou non !

Un instant plus tard, Lucas revint avec un sourire narquois sur le visage.

– Alors, qu'est-ce que tu as encore inventé pour te rendre intéressante ?

Lily faisait des allées et venues dans la chambre de son jumeau, un pli creusé entre les deux yeux. Lucas l'observa. Il s'apprêtait à continuer son petit jeu de dérision, mais l'air soucieux de l'adolescente lui fit ravaler son ironie.

– Il se passe des choses ici !

Lucas, incorrigible, regarda autour de lui avec la petite lueur familière d'amusement dans ses yeux clairs.

– Désolé, je ne vois rien ! Il y a peut-être une

araignée microscopique au plafond ou bien... une souris derrière le mur?

– Oh ! tu m'agaces ! Je ne parle pas de ta chambre, mais du théâtre !

– Ça commence mal, fit Lucas en se dirigeant vers son lit. Je vais me coucher. Bonsoir !

– Lulu, mon Lulu chéri, supplia Lily qui n'hésitait pas à employer les grands moyens quand il le fallait, crois-moi, papa est en train d'expliquer des trucs horribles à maman...

– Ce sont des affaires d'adultes, tu n'as pas à t'en mêler !

Lucas se montrait quelquefois rancunier. Lily secoua les épaules et l'affronta :

– Je sais de quoi il parle et il ne s'agit pas que d'adultes !

– Eh bien, puisque tu sais tout, tu n'as pas besoin de moi !

– Si, justement, je ne sais pas quoi faire...

En quelques secondes, Lucas lâcha prise. Il avait du mal à résister à sa sœur, même si elle savait mieux que personne le faire sortir de ses gonds. Et puis, son air préoccupé et chagriné ne lui allait pas bien du tout.

– Vas-y, raconte, céda-t-il en soupirant.

6

Le lendemain matin, Lily se rendait au collège avant Lucas qui avait une année d'avance sur elle et des horaires différents. Il n'était pas sorti de sa chambre quand elle fut prête à partir et sa mère lui interdit d'aller le réveiller.

– Il a travaillé tard, dit-elle avec un air préoccupé. J'ignore ce qu'il faisait mais je sais qu'il a passé du temps sur son ordinateur.

Lily ne broncha pas et se résigna à attendre un moment plus propice. Elle quitta l'appartement vers huit heures quinze, par la sortie sur l'impasse. C'est en débouchant dans la rue de la Liberté qu'elle aperçut Gabriel Stein, le metteur en scène de *L'École des femmes*. Il se dirigeait vers l'entrée des artistes, la tête rentrée dans les épaules. Elle ne put résister et s'approcha de lui :

– Monsieur Stein !

L'homme s'arrêta, surpris.

– Ah ! Lily, bonjour, grogna-t-il dans sa barbe, à croire qu'il ne savait pas parler normalement.

Malgré l'interdiction d'assister aux répétitions, il lui était arrivé de croiser la jeune fille quand elle parvenait à se faufiler dans les coulisses.

– Est-ce que... se lança Lily, est-ce que Maud va mieux ?

– Bof ! Pas trop, non...

– On sait ce qu'elle a comme maladie ?

– Pas exactement, non... Une sorte d'allergie, il semblerait.

– Ah ! Mais quel genre ?

Lily savait qu'il y en avait de plusieurs sortes. Une de ses copines avait été malade pendant des mois avant qu'on ne découvre qu'une farine alimentaire était la cause de ses boutons et autres difficultés respiratoires.

– Je ne sais pas, fit l'homme qui repartait déjà vers l'entrée des artistes, on lui fait des examens...

– Mais les répétitions?...

– Dis donc, tu es bien curieuse, toi! Si tu veux savoir, on ne répète pas aujourd'hui. Mais si Maud n'est pas de retour demain, on reprendra sans elle. Et si elle ne se remet pas, je trouverai une autre comédienne. De toute façon, j'ai l'habitude avec cette pièce, il y a toujours des problèmes... Voilà, tu es contente?

Il tourna les talons sans un sourire. Lily pensa lui demander ce qu'il avait voulu dire par là. Pourtant, elle n'osa pas lui courir après pour lui poser la question.

Au collège, elle attendit la pause de dix heures trente pour attraper Lucas dans la cour. Elle n'y tenait plus.

– Alors? s'impatienta-t-elle tandis qu'il continuait sans broncher sa conversation avec une copine de classe.

– Tu permets? Je suis en train de parler à quelqu'un, là. T'as pas remarqué?

Lily se mordit la lèvre. Elle avait bien envie de secouer son jumeau et d'envoyer cette fille, même pas jolie, sur les roses.

– Excuse-moi, fit-elle en prenant sur elle pour rester calme.

– Je te dirai tout à l'heure, à la maison, ajouta Lucas en voyant qu'elle ne bougeait pas.

– Non, non, tout de suiiiite !!!

– Non. Tout à l'heure.

– Tout de suite, s'te plaît...

Lucas poussa un soupir déchirant, s'excusa auprès de la fille qui tourna le dos, vexée.

– Tu sais que tu me gonfles, parfois ? fit-il en serrant le bras de Lily.

– Oui, oui, mais il faut que je sache. J'ai vu Stein tout à l'heure et il parle de remplacer Maud Aubert !

– Stein ? demanda Lucas, largué.

– Le metteur en scène...

– Ah ben oui, c'est évident...

– Alors, qu'est-ce que t'as trouvé ? Grouille-toi, ça va sonner !

– Écoute, j'ai découvert des trucs, mais il faut encore que je cherche. En tout cas, tu as raison, il s'est passé des choses graves, il y a deux ans, quand la pièce a été montée pour la première fois. Et je pense que c'est de ça que papa parlait avec maman hier soir...

– C'est-à-dire?

– Eh bien, la pièce, là, le truc des femmes...

– *L'École des femmes*...

– Oui, bon... Donc, elle devait être jouée aux Trois-Coups. Et la veille de la générale, il y a eu un accident...

– Un accident?

– Oh! mais arrête de répéter tout ce que je dis, tu m'agaces!

– Mais tu me donnes les infos au compte-gouttes, c'est énervant!

– Écoute, ça va être l'heure, on reparlera de ça à midi.

Lucas reprenant son air fermé, Lily se fit suppliante. Pas question de supporter deux heures de maths sans avoir entendu toute l'histoire.

– Quel accident? demanda-t-elle le plus gentiment qu'elle put.

– L'actrice qui jouait le rôle d'Agnès est tombée d'un balcon. La presse en a beaucoup parlé parce qu'elle est restée dans le coma un bon moment. Elle avait l'air d'être assez connue...

– C'était qui ?

– Eva Gold, quelque chose comme ça.

– Eva Gold ! Tu m'étonnes qu'elle est connue ! Elle a eu un César, un Molière et...

– Ah ? l'interrompit Lucas, irrité par ses interruptions incessantes, en tout cas, ça a fait du bruit. Ne me demande pas autre chose, je ne sais rien.

– Mais... qu'est-ce qui s'est passé ? Il y a eu une enquête ? Les autres comédiens ont dit quoi ? Et qu'est-ce qu'elle faisait sur ce balcon ? Et comment elle est tombée ?

Sauvé par la sonnerie, Lucas s'enfuit en direction de sa classe. Lily fut tentée de le poursuivre mais elle renonça. Après quelques mètres, il lui fit un signe de la main.

– À tout à l'heure, cria-t-il. On déjeune ensemble ?

7

Dans le silence de la chambre, on n'entendait que le clic de la souris manipulée avec dextérité par Lucas. Lily, penchée sur lui, rongeait son frein. Elle n'avait fait que cela toute la journée, d'ailleurs. Distraite, elle avait subi des remontrances et avait même écopé d'une heure de colle. Impossible de dire à cette revêche de prof de maths qu'elle mourait d'envie de voir le temps passer plus vite pour se replonger dans ce qui avait agité le théâtre des Trois-Coups deux ans auparavant.

– Tiens, regarde, dit Lucas, voici les articles dont je t'ai parlé.

Effectivement, plusieurs grands journaux avaient relaté l'accident d'Eva Gold. Cela s'était produit un soir, aux environs de vingt et une heures, et il n'y avait eu aucun témoin. On disait que la jeune et «sublime» Eva Gold était restée inconsciente pendant une dizaine d'heures et avait récolté plusieurs fractures.

– Il faut en savoir plus sur ce qui s'est passé ensuite, suggéra Lily.

Lucas s'activa. Il lança plusieurs requêtes sur des sites variés, avec des mots-clés différents. Force était de constater qu'Internet apportait ce qu'aucune autre recherche, aussi poussée soit-elle, ne permettrait en aussi peu de temps. Jean et Alice étaient un peu réticents à laisser les jumeaux surfer sur la Toile. Mais Lucas avait promis d'être raisonnable et les parents avaient accepté, moyennant une surveillance attentive de leur part et l'installation d'accès restreint à certains sites.

– Ah ouais! s'exclama Lily, regarde ça!

Sur un site qui parlait des saisons théâtrales, on disait que *L'École des femmes*, programmée deux ans plus tôt aux Trois-Coups, avait déjà Gabriel Stein pour metteur en scène. Les conséquences de l'accident d'Eva Gold avaient été dramatiques pour la jeune fille. Après de longs mois d'hôpital et de rééducation, elle ne se déplaçait plus qu'en fauteuil roulant. De plus, sur un autre forum, on pouvait lire qu'elle avait perdu l'usage de la parole et que sa carrière de comédienne était définitivement terminée. Lily découvrit aussi que l'enquête menée par le commissariat de la ville avait conclu à un accident. Aucun témoin ne s'était présenté et, bien évidemment, Eva Gold n'avait jamais pu dire un seul mot à propos de ce qui lui était arrivé.

Lucas, à la demande de Lily, lança une recherche sur Eva Gold elle-même. Il y avait une quantité de pages où elle était évoquée. On la présentait comme une jeune fille ambitieuse et bourrée de talent. Les récompenses qu'elle avait obtenues à vingt-deux ans lui prédisaient un avenir brillant. Des photos la montraient sous toutes les coutures, magnifique brune au regard troublant, rieuse et éclatante de vie. Lily put lire qu'Eva avait du mérite car elle avait perdu son père quand elle était enfant.

Songeuse, elle se redressa, les reins en compote. À cet instant, deux coups légers furent frappés à la porte, qui s'ouvrit aussitôt sur Alice. La mère des jumeaux fronça les sourcils. À l'évidence, elle pensait trouver Lucas seul.

– Eh bien, Lily, tu n'as pas de devoirs pour demain ?

– ... Presque terminé, marmonna Lily, qui ne savait pas mentir.

– Presque terminé, chez toi, cela veut dire pas commencé, gronda Alice. Allez, dépêche-toi !

– C'est ma faute, s'empressa Lucas, volant pour une fois au secours de sa jumelle, je voulais lui montrer un nouveau site de jeux...

– Ouais, ouais, ouais...

Lily jugea inutile d'insister si elle voulait poursuivre son enquête tranquillement. Elle se faufila dans sa chambre. Sans aucun doute, sa mère voulait parler seule à seul avec Lucas. La tentation d'écouter à la porte fut contrecarrée par son frère qui, la connaissant bien, mit un disque de musique classique pour couvrir la conversation.

Assise sur son lit, sans la moindre envie de travailler sa géographie et encore moins ses SVT, Lily se mit à ruminer ce qu'elle venait de lire. Une interrogation revenait sans cesse dans ses pensées : Eva Gold était tombée d'un balcon du théâtre. Mais que diable faisait-elle dans une loge à neuf heures du soir ? Et comment peut-on tomber d'un balcon ? D'après ce qu'elle avait compris, Eva était une fille saine, qui ne se droguait pas, ne buvait pas et n'avait pas d'ennemis connus. Elle n'était pas davantage suicidaire. Alors ?

Non seulement les incidents survenus à cette époque dans le théâtre étaient graves, mais voilà que, deux ans plus tard, avec la même pièce et le même metteur en scène, il s'en produisait de nouveaux, tout aussi sérieux. La coïncidence était plus qu'étrange.

Lily tendit l'oreille et comprit que sa mère regagnait sa chambre. À travers la cloison, elle distingua les ronflements sonores de son père, parti se coucher tôt.

– Il faut que je tire ça au clair, fit-elle à mi-voix.

Sans bruit, elle sortit de sa chambre puis de l'appartement, et s'en fut dans le labyrinthe du théâtre chercher des réponses à ses questions.

8

Il faisait très sombre. Lily s'était munie de la lampe que son père utilisait pour ses rondes nocturnes. Elle erra un moment dans le théâtre vide et particulièrement lugubre de nuit. Seules les lueurs verdâtres des issues de secours éclairaient faiblement les couloirs. Lily frissonna. Elle avançait en silence et s'aperçut que, du bâtiment, émanaient quantité de bruits bizarres : craquements, frôlements, sifflements. Elle capta le ronflement d'une soufflerie qui montait des sous-sols. Un moment, elle eut même l'impression d'entendre des voix lointaines et des rires. Peut-être ceux des fantômes que madame Janita semblait traquer avec son air revêche? Pas rassurée, elle faillit faire demi-tour pour courir se réfugier dans la chaleur sécurisante de sa chambre. Mais non!

«Pas question d'abandonner», s'encouragea-t-elle en prenant l'escalier qui conduisait aux premiers balcons. Des petites alcôves étaient séparées les unes des autres par une cloison. On y accédait par des portes étroites, et chacune de ces loges contenait une dizaine de sièges. Elle s'arrêta longuement dans un de ces balcons, semblable à une petite maison, et, de là, elle observa la scène. N'ayant rien remarqué de particulier, elle monta un niveau supplémentaire, guidée par le faisceau de sa lampe qui révélait des formes englouties dans l'ombre. Sur le palier du deuxième étage, Thalie, la muse de la Comédie, surgit devant elle. Lily eut un mouvement de recul. La statue, l'une des neuf muses symbolisant les Arts, était représentée sous les traits d'une jeune fille joyeuse qui tenait un masque à la main gauche et une sorte de petit violon entre son bras et sa poitrine. Lily effleura sa robe en passant, comme pour se rassurer.

Puis elle continua sa progression et explora le deuxième niveau. Là, les sièges étaient alignés les uns à côté des autres, sans cloisons. Seules des travées composées de quelques marches séparaient les rangs de sièges. Des numéros étaient gravés sur les côtés, pairs à droite, impairs à gauche. Rien ici non plus. Lily ressortit dans le promenoir et c'est alors qu'elle crut entendre une sorte de plainte. Elle se figea, effrayée. Elle attendit, le cœur battant, prête à rebrousser chemin. Après un long moment, elle se rassura : ce devait être le vent ou bien son imagination. Elle reprit prudemment son ascension vers le troisième niveau, celui qu'on appelait le poulailler. Les bruits familiers l'entouraient de nouveau et, encouragée par ce retour à la normale, Lily arriva jusqu'en haut. Elle alla se placer à l'endroit qui était décrit dans les articles de presse comme celui d'où Eva Gold avait chuté. La hauteur jusqu'au sol lui parut vertigineuse et elle ressentit une drôle de contraction dans les jambes à l'idée du corps de la jeune fille tournoyant dans les airs. La loge où s'était produit l'accident était la première sur la gauche. Elle dominait le grand rideau rouge et il fallait vraiment se pencher pour apercevoir seulement la moitié de la scène. Était-ce ce qu'avait fait Eva ? Pourquoi se pencher au-dessus de la scène à neuf heures du soir, alors qu'il n'y avait plus rien à voir ? C'était incompréhensible.

À regret, déçue de n'avoir rien trouvé qui pût la mettre sur la voie, Lily décida de s'en aller. Alors qu'elle quittait le poulailler, elle avisa un petit passage qu'elle n'avait jamais remarqué jusque-là. Intriguée, elle s'approcha de la porte entrebâillée derrière laquelle régnait l'obscurité la plus totale. Une fois de plus, des sons étouffés parvinrent jusqu'à elle. Une voix grave et une plus aiguë. Et cette fois, beaucoup plus proches que les premiers échos qu'elle avait perçus. Que pouvait-il bien se passer là-derrière ?

Lily écouta, hésitant à s'engager dans ce passage inconnu. Malgré l'envie furieuse qu'elle ressentait de prendre ses jambes à son cou, elle se dit qu'il serait bête d'être venue jusque-là pour repartir sans chercher à savoir ce qu'il y avait au bout de ce mystérieux corridor. Et ces voix, quand même, c'était anormal. Elle poussa la porte en tremblant un peu et, alors qu'elle relevait sa lampe pour percer les ténèbres, celle-ci heurta le montant métallique de la balustrade. Le bruit lui sembla épouvantable. L'adolescente sentit son cœur s'emballer et elle dut le comprimer à deux mains tandis que des bruits précipités se faisaient entendre un peu plus loin. Par réflexe, elle éteignit la torche et, plongée dans l'obscurité complète, elle se mit à avoir vraiment peur.

Après une longue attente, une fois le silence revenu pour de bon, elle osa rallumer sa lampe et s'engager furtivement dans le couloir.

– Lucas ! tu dors ?

– Non, je joue au tennis ! lui répondit la voix ensommeillée de son jumeau.

– Il faut que je te raconte !

– Non, demain. Va te coucher !

– Je ne pourrai pas dormir. Je te jure, il faut que tu m'écoutes...

Lucas se dressa sur un coude et considéra Lily d'un air totalement largué.

Le récit de sa sœur lui parut d'autant plus incompréhensible qu'il tombait de sommeil et qu'elle ne semblait plus très bien savoir où elle en était. Il dut lui poser des questions pour ordonner son récit et finalement comprendre qu'il s'en passait de belles dans le théâtre, la nuit.

– Tu penses à quoi? demanda Lucas, qui soupçonnait sa sœur d'enjoliver son récit.

Pour tout dire, il n'était pas loin de croire qu'elle lui racontait une histoire à dormir debout et que jamais elle n'aurait osé s'aventurer jusqu'au poulailler et bien au-delà sans lui en avoir parlé auparavant ou, pire, avoir essayé de l'entraîner avec elle.

– Tu complotais avec maman, objecta Lily, je n'allais pas attendre pour aller voir de quoi il retourne... Et ce que j'ai vu, je ne l'ai pas inventé.

Lily expliqua patiemment à son frère qu'au-dessus des cintres se trouvait une sorte de passerelle métallique, comme un «pont» qui surplombait la scène. Invisible de la salle, il permettait aux machinistes de passer d'un côté à l'autre du théâtre sans gêner le spectacle. En plein milieu était installé un poste de contrôle technique avec un pupitre et un siège; sans doute la place du régisseur ou du responsable de l'équipe technique. Juste derrière ce fameux poste de contrôle était caché un petit corridor qui conduisait à une coursive. Là étaient alignées plusieurs pièces – réduits ou cagibis –, où était stocké du matériel : des éléments techniques, des câbles, bref tout un tas d'objets hétéroclites que Lily n'avait pas détaillés. Elle ne s'y était pas attardée, sauf dans la dernière où elle avait découvert un vieux divan, une table et des chaises, en plus d'un petit comptoir avec des verres et des bouteilles d'alcool.

– Tu es sûre de ça? s'enquit Lucas en fronçant les sourcils. Tu es certaine d'avoir bien vu?

– Comme je te vois, affirma Lily. Il y avait même un cendrier plein de mégots, ça puait le tabac!

– Mais c'est interdit de fumer dans le théâtre! De consommer de l'alcool aussi!

– Je sais, mais c'est ce que j'ai vu!

– Tu n'as rencontré personne?

– Non mais, avant d'arriver là, j'ai entendu des voix.

– Des gens qui buvaient et fumaient en douce?

Lily fit la moue.

– Peut-être... Il m'a semblé entendre une petite voix plaintive... Enfin, je ne sais pas trop ce que c'était, j'avais tellement la frousse! En tout cas, s'il y avait des gens là-dedans, ils sont partis quand ils m'ont entendue arriver.

– Il valait peut-être mieux pour toi, murmura Lucas.

– Oui, je crois, fit Lily avec un frisson.

– Tu as vu quoi, à part les bouteilles et les clopes?

Lily fronça les sourcils pour stimuler ses souvenirs. Soudain, elle se dressa :

– Sur le divan, il y avait une écharpe rouge avec des franges noires. C'est drôle...

– Drôle? Pourquoi drôle?

– Ça me fait une impression bizarre, cette écharpe... Comme si je l'avais déjà vue quelque part...

– Mais où? Ici, dans le théâtre?

Lily essaya de se concentrer au maximum. Mais elle eut beau s'acharner, sa mémoire refusa de collaborer.

– Je n'en sais rien, dit-elle finalement, je suis désolée. Je ne me rappelle pas. Qu'est-ce que tu en dis?

Lucas ne répondit pas. Il ne songeait plus à se moquer de Lily, ni à dormir, d'ailleurs. Sur son front, des plis soucieux apparurent. Sa sœur le remarqua et elle s'en inquiéta.

– Je crois qu'il faut avertir papa demain, déclara-t-il d'un ton sans appel.

Elle tressaillit :

– Tu es fou ! Je vais me faire tuer ! Papa va m'interdire de remettre les pieds dans le théâtre et...

– Oui, mais je crois qu'il vaut mieux lui en parler quand même.

Subitement, Lucas était trop sérieux. Mal à l'aise, même. Elle se demandait ce qui pouvait bien le mettre dans cet état, quand elle se remémora la visite de sa mère juste avant qu'elle-même ne se lance dans son expédition nocturne.

– C'est maman ? s'exclama-t-elle. Qu'est-ce qu'elle t'a dit ?

Lucas rougit, gêné. Lily fut tout de suite aux cent coups.

– C'est grave ?

– Je ne peux rien te dire. J'ai promis.

– Oh ! Lucas, tu ne peux pas faire ça ! Je suis sûre que ça me concerne !

– Tout de suite ! T'es parano, ou quoi ?

– Si ça ne me concerne pas, je ne vois pas pourquoi tant de mystère... C'est papa ? Il a un problème ? À cause du travail ?

Lucas haussa les épaules en levant les yeux au ciel :

– Mais non, il ne s'agit pas de papa ! Maman t'aurait mise aussi dans la confidence.

– Tu vois, j'ai raison, ça me concerne, donc ! Ben vas-y ! T'as pas le droit de me cacher quelque chose...

Après un moment de réflexion, et surtout à cause de ce qu'elle avait découvert ce soir, il se lança :

– Maman s'est rendu compte que papa a des soucis et elle est persuadée que c'est en relation avec toi.

– Comment ça ? fit Lily, interloquée.

– Il s'est disputé avec monsieur Picard à cause de son comportement avec les jeunes filles de l'atelier. Il se moque d'elles, il les taquine. Papa dit qu'il est instable et il craint qu'il n'aille trop loin quand il a un verre dans le nez. Maman a l'impression que tu es plus ou moins au courant mais que tu n'oses pas te confier à elle. Elle voulait savoir si tu m'avais parlé de quelque chose. J'ai affirmé que non. Mais maintenant, je pense qu'on ferait bien de tout leur déballer.

Lily réfléchit à son tour. Elle était soulagée que son père ait ouvert les yeux sur Picard, mais comme ce dernier ne l'avait plus ennuyée depuis le fameux soir de la dernière représentation d'*Antoine et Cléopâtre*...

– Écoute, Lucas, déclara-t-elle soudain, voilà ce qu'on va faire : demain je vais essayer d'en savoir plus parmi les gens du théâtre et toi tu vas encore chercher sur le Web... On verra bien ce que ça donne. Ensuite, on raconte tout aux parents, eux décideront de ce qu'il faut faire. D'accord ?

9

Le lendemain, après les cours, Lily se rendit directement à l'atelier de couture. Dès son arrivée, elle se heurta à madame Janita. Sans répondre à son salut, la chef costumière posa sur elle un regard sévère en lui montrant la porte.

– Je suis désolée, mais je ne tiens pas à ce que tu viennes nous perturber aujourd'hui. On a assez de soucis comme ça.

– Je venais juste dire bonjour, bredouilla Lily qui, à son corps défendant, tremblait devant Janita et son air féroce.

– Eh bien, voilà qui est fait ! Reviens une autre fois.

C'était sans appel. En se retournant, Lily vit que la place de Natacha était inoccupée. Sa machine à coudre était encombrée de plusieurs morceaux d'étoffe noire mais la jeune stagiaire n'était pas là. L'adolescente capta le regard de Marie, occupée à coudre des rubans sur un long jupon rose vif à la table voisine. Elle y lut différents messages éloquents : il y avait encore du nouveau. Elle lui adressa un petit signe de la main et, alors que madame Janita l'entraînait d'une main ferme vers la sortie, elle entendit Marie qui demandait la permission d'aller aux toilettes. La responsable de l'atelier fit la sourde oreille. Mais la jeune fille insista, d'une voix un peu essoufflée, se plaignant d'un mal de ventre persistant. À contrecœur, la chef accepta de la laisser sortir.

Les filles se retrouvèrent à côté de la zone des sanitaires, dans une loge inoccupée. Marie paraissait surexcitée et elle débita les nouvelles à toute allure. Lily n'en croyait pas ses oreilles.

D'abord, Gabriel Stein avait mis sa menace à exécution : il avait repris les répétitions avec une autre comédienne pour incarner Agnès. Maud

Aubert ne reviendrait pas avant plusieurs jours, voire plusieurs semaines, à cause des crises de suffocation et des éruptions cutanées qui la reprenaient à chaque instant. Loin de s'améliorer, son état empirait. On n'avait pas encore découvert les causes de cet étrange phénomène. En tout cas, Stein avait embauché une illustre inconnue pour donner la réplique à Armand Palmer. Ce n'était pas très bon signe pour la pauvre Maud.

– En plus, elles n'ont pas la même taille ! se plaignit Marie. Il faut retoucher tous les costumes pour la nouvelle, alors qu'on ne sait même pas qui jouera le rôle en fin de compte. Il paraît que Stein ne veut pas prendre de risques, c'est pour ça qu'il envisage de remplacer Maud définitivement. Il ne tient pas à ce que la pièce soit arrêtée encore une fois, comme il y a deux ans... Il avait perdu beaucoup d'argent, et le théâtre aussi...

Lily n'avait pas besoin de poser de questions, Marie était un vrai moulin à paroles.

– Et tu sais quoi ? La police est venue ce matin... On a tous été interrogés.

– Sans blague ? s'exclama Lily. Mais pourquoi ? À cause de Maud ?

– Oui, certains disent que c'est pas une vraie maladie.

– C'est-à-dire ?

Marie se pencha en avant et Lily eut le sentiment qu'elle allait entendre une révélation phénoménale.

– Moi, je pense plutôt qu'on lui a joué un sale tour, à Maud, murmura Marie.

– Tu veux dire que quelqu'un lui voudrait du mal ?

Marie hocha la tête avec une expression énigmatique.

– Ben oui, peut-être, souffla-t-elle.

– Qu'est-ce que les policiers t'ont demandé, à toi ?

– Oh ! des banalités... Si je connaissais Maud, si j'avais des contacts particuliers avec elle et aussi avec les autres comédiens. Tu parles, c'est pas à moi qu'ils vont faire des confidences, les comédiens ! Et puis les flics voulaient savoir plein de trucs, mais rien de précis, des généralités sur l'ambiance, la vie de tous les jours. Le train-train, quoi.

– C'est-à-dire, le train-train ?

– Oh, des choses sans importance : qui aime bien qui, ou le contraire, qui est copain avec qui, les bisbilles... Bon, Lily, il faut que j'y aille, la vieille pie va me retenir des heures sur ma paie, je la connais... Déjà qu'on fait double boulot avec cette remplaçante... En plus, Natacha n'est pas venue aujourd'hui. Elle n'a même pas prévenu, Janita était furieuse... Ça va barder pour elle, à mon avis.

Marie s'en fut vers la porte, laissant Lily frustrée car elle n'avait pas pu aborder le sujet qui lui tenait à cœur : les événements qui s'étaient produits deux ans plus tôt. Lily courut après Marie et la rejoignit dans le couloir.

– Tu étais là, toi, quand Eva Gold a eu son accident ? se lança-t-elle.

Marie secoua la tête :

– Non, ça se passait le soir, j'étais chez moi...

– Oui, je m'en doute, mais est-ce que tu travaillais déjà ici ?

– Oui, j'étais en stage, pourquoi ?

– Oh, pour rien, je voulais savoir ce que tu en pensais. La chute d'Eva du balcon, je suppose que ça a fait du bruit ?

– Ah ça, tu peux le dire ! fit Marie avec ironie. Un grand bruit !

– Non, je t'en prie, plaisante pas avec ça ! C'est trop grave...

Marie se rapprocha de Lily et lui saisit le bras. Son visage avait soudain pris un air conspirateur et sérieux, comme si elle se préparait à livrer un scoop.

– Après la chute d'Eva, on a tous été interrogés par la police, au commissariat, chuchota Marie. Les flics voulaient même pas qu'on se parle entre nous. Ça a duré des jours et des jours. On pouvait plus travailler. De toute façon, pour la pièce, c'était fichu... On a bien cru que le théâtre allait fermer et qu'on allait tous se retrouver au chômage...

– Dis donc, la mère Janita, elle devait être verte...

Marie lâcha le bras de Lily et recula d'un pas pour l'observer attentivement.

– Tu plaisantes ?

Au tour de Lily d'afficher un air interrogateur. Marie reprit :

– Janita a été en arrêt maladie pendant plusieurs mois... Tu savais pas ça ?

L'expression éberluée de Lily convainquit Marie que sa nouvelle amie n'était au courant de rien. De son côté, l'adolescente se demandait bien quel rapport il pouvait y avoir entre ces événements tragiques et la maladie de Janita.

– Mais enfin, fit Marie un ton au-dessus, ne me dis pas que tu n'es pas au courant?

– Mais au courant de quoi?! s'exclama Lily, qui ne comprenait vraiment plus rien du tout.

– Mais Eva, Eva Gold, c'est la fille de madame Janita!

Il sembla à Lily que son amie venait de lui asséner un coup sur la tête. Dans un brouillard, elle écouta la jeune couturière lui donner quelques précisions que, manifestement, les Rose étaient les seuls à ignorer. Janita avait élevé seule sa fille unique après la mort de son mari et elle s'était endettée pour qu'elle réalise son rêve: devenir comédienne. L'accident d'Eva avait été pour elle un drame affreux. À cause de cela, le caractère de Janita avait changé, elle était devenue odieuse avec tout le monde.

– Il faut que je file, d'ailleurs, dit Marie un peu paniquée, elle va finir par me virer...

Lily la regarda s'éloigner, stupéfaite.

Elle en était encore à essayer d'assimiler toutes ces informations quand une cavalcade, des cris se firent entendre du côté de la scène. Lily tendit l'oreille. La voix de Gabriel Stein domina le vacarme :

– Mais qu'est-ce que j'ai fait au bon Dieu, moi? C'est une conspiration!

Conspiration? Lily, pressentant un rebondissement, partit en courant vers les coulisses. S'il y avait un endroit d'où elle pourrait voir ce qui se passait, c'était là.

Un moment plus tard, elle déchanta. La scène était effectivement en pleine effervescence mais on ne la laissa pas s'approcher. Elle fut refoulée sans ménagement par son père qui lui ordonna de rentrer immédiatement à l'appartement. Elle ne put que voir de loin des blouses blanches et des pompiers qui emmenaient Armand Palmer... sur une civière. Alors qu'elle retournait sur ses pas, elle faillit se heurter à une silhouette tapie dans l'ombre. Elle reconnut madame Janita et fut interloquée par l'expression de son visage : une formidable jubilation qui luttait avec une haine féroce. La gorge de Lily se serra car la chef costumière venait de découvrir sa présence. Elle dévisagea Lily sans paraître la reconnaître. La jeune fille, en dépit de la peur qui lui coupait les jambes, s'enfuit en courant. Bientôt le martèlement des pas de la femme retentit à ses oreilles. Elle accéléra l'allure, la chef costumière en fit autant. Au moment où Lily parvenait devant la porte de l'atelier, madame Janita se jeta en avant pour lui barrer la route en écartant les bras d'un geste résolu.

– Tu n'entres surtout pas, gronda-t-elle, tu m'entends ?

Lily n'entendait plus rien, elle était hors d'haleine.

– Et tu ne mets plus jamais les pieds ici, compris ?

L'adolescente, l'estomac au bord des lèvres, osa lever les yeux sur madame Janita et elle eut un choc : ses yeux hallucinés étaient emplis de violence. Elle songea en un éclair que les assassins avaient sans doute ce regard-là. Sans répliquer, elle fit demi-tour et fila sans demander son reste.

Après un moment de course effrénée dans les couloirs, elle se retourna. Personne ne l'avait suivie. Complètement bouleversée par l'attitude de la chef costumière, elle dut faire une halte pour retrouver son souffle et s'assit sur la première marche d'un escalier. En s'appliquant à respirer, Lily attendit que son cœur arrête de cogner, si fort qu'il semblait sur le point d'imploser. Quand elle eut retrouvé son calme, elle se redressa pour constater qu'elle se trouvait au pied des marches conduisant aux balcons et au poulailler. Sans trop savoir pourquoi, elle commença à grimper, d'abord hésitante. Au premier balcon, l'adolescente avait repris ses esprits et se dit que, tout le monde étant occupé avec l'incident de la scène, elle serait tranquille pour aller voir ce qui se passait là-haut, en plein jour et sans redouter de voir sortir des fantômes de l'obscurité.

Ainsi que Lily le supposait, il n'y avait personne dans les étages. Elle s'engagea sur la passerelle.

Vissée au pupitre du technicien de permanence, une petite lampe de bureau était restée allumée et un blouson marron était posé sur le dossier de la chaise. Tous les employés du théâtre devaient être retenus au rez-de-chaussée et c'est sans crainte qu'elle prit le petit couloir. Les coursives et les corridors étaient éclairés par les rampes électriques courant sous le plafond, également par des ouvertures étroites dans les murs. Par là, on pouvait apercevoir le ciel, ce jour-là gris et nuageux. Lily ne s'attarda pas dans cette contemplation, explorant avidement les lieux qu'elle avait à peine entrevus la nuit précédente dans le faisceau de sa lampe. La porte donnant sur la pièce où elle pensait que certains se retrouvaient pour boire et fumer était close. Elle pesa sur la poignée. En vain, elle était fermée à clef. Cependant qu'elle pestait contre ce mauvais sort, un bruit léger la cloua sur place.

– Tu cherches quelque chose?

Prise en flagrant délit, Lily fit un bond d'effroi. En une fraction de seconde, elle se dit que tout était fichu. Pourtant un détail la rassura : ce n'était pas monsieur Picard.

– Ce n'est pas très prudent de venir là toute seule, reprit la voix, qui lui parut être celle d'un jeune homme.

– Pourquoi ? fit-elle en se retournant pour défier l'individu.

Il s'agissait effectivement de Joseph, un jeune employé qu'elle avait croisé une ou deux fois dans le théâtre. Il exerçait le métier de « suiveur » dans l'équipe d'éclairagistes. Sur scène, il suivait avec un gros projecteur un des comédiens de la pièce.

– Eh bien, fit le garçon, quelque peu embarrassé, je ne sais pas, à vrai dire...

Lily l'affronta :

– Et toi, qu'est-ce que tu fais là ?

– Je suis de garde à la passerelle aujourd'hui. Je veille à ce que tout se passe bien pendant les répétitions.

– Tu n'as pas bien surveillé, alors, dit Lily sur un ton de défi. Armand Palmer a fait un malaise. C'est la deuxième fois qu'un tel incident arrive cette semaine.

L'éclairagiste se tut, considérant Lily d'un œil soupçonneux.

– Je suis la fille du concierge, tu peux tout me dire, tu sais...

– Oui, je te connais, tu t'appelles Lily, mais je me demande...

– Quoi?

– Mes collègues pensent qu'il y a une maladie qui traîne dans le théâtre, peut-être à cause de l'air qui circule dans les gaines de climatisation ou d'une bactérie...

– Ah! tu veux dire un genre d'épidémie?

– Oui, exactement! Armand Palmer présente les mêmes symptômes que Maud. C'est tout de même inquiétant! Si ça continue, moi, je vais aller bosser ailleurs. Je n'ai aucune envie de tomber malade.

Lily l'observa, il avait l'air réellement inquiet. Elle s'efforça de le rassurer:

– Tu n'exagères pas un peu, là? Faut pas céder à la panique tant qu'on ne connaît pas les résultats des analyses. S'il y avait un virus dans le théâtre, on serait déjà tous malades.

– Tu crois?

– Ben, c'est logique... De toute façon, on va bien finir par savoir ce qui se passe... Toi, tu n'as rien vu depuis ton poste d'observation?

Joseph réfléchit quelques secondes, secoua la tête :

– Non, franchement, rien de spécial... Ils répétaient depuis ce matin, ils se sont interrompus parce que la mère Janita voulait faire une retouche au chapeau d'Armand Palmer... Un quart d'heure après, il est tombé dans les pommes, il étouffait !

Bon sang ! Lily revit en un éclair l'expression démente qu'elle avait surprise sur le visage de la responsable des costumes. Une idée la frappa subitement :

– Et tu étais là quand Maud est tombée malade ?

– Oui, je faisais les essais d'éclairage côté cour. J'ai vu Marie, de l'atelier des costumes, qui est venue sur scène pour ajuster la robe de Maud et lui poser sur la tête un bonnet de dentelle, très joli d'ailleurs.

« Tiens, tiens, pensa Lily, je n'avais pas entendu parler de bonnet de dentelle. Un chapeau, un bonnet... Curieuse coïncidence ! »

– C'est bizarre, cette histoire, en tout cas, soupira le jeune homme, et toi, tu ne devrais pas venir ici...

– Tu me l'as déjà dit. Il y a quoi, là-dedans ?

Lily montrait la porte interdite. Joseph détourna son regard :

– Rien qui t'intéresse, dit-il à voix basse, de toute façon on ne peut pas entrer, c'est... privé et fermé.

– Qui a la clef?

– Monsieur Picard, c'est son coin à lui.

10

Le dîner fut sinistre. Pressés par leurs enfants, Jean et Alice avaient bien été obligés de commenter la nouvelle péripétie qui défrayait la chronique des Trois-Coups. Même le journal télévisé de vingt heures en avait fait état. Le présentateur avait évoqué « une série troublante de faits singuliers dont on ne connaît pas exactement la gravité et encore moins l'origine ». Le pauvre Armand Palmer avait été transporté à l'hôpital et, si ses symptômes étaient similaires à ceux de Maud, lui, en plus, avait une forte fièvre et délirait. Lily et Lucas se regardaient à la dérobée, guettant le moment propice pour évoquer les dernières découvertes de l'adolescente. Cette fois, ils en étaient certains, des choses anormales se passaient dans ces combles et monsieur Picard y était étroitement mêlé. Car, avant de la laisser partir, Joseph avait bien insisté en regardant Lily dans les yeux : elle devait absolument éviter de venir traîner là. Elle avait compris que le jeune homme avait peur de s'exprimer davantage.

Le dîner s'acheva sans que l'occasion se présente pour les jumeaux de prononcer un mot. Leurs parents étaient tellement préoccupés qu'ils faisaient à peine attention à eux. Après la vaisselle, Jean et Alice s'attardèrent un moment au salon, non sans leur avoir recommandé de ne plus aller rôder dans le théâtre, du moins tant que le calme ne serait pas revenu.

Pour Lily, il n'était pas question d'obéir. Néanmoins, elle devait se montrer discrète et prudente dans ses déplacements. Quand elle surprit son père en train de dire à voix basse à sa femme qu'il allait demander à être rapidement remplacé, elle estima qu'en plus il lui faudrait faire vite pour mener son enquête à terme.

Lucas émit un avis radicalement opposé : elle devait abandonner et laisser les adultes régler ces problèmes. Et partir d'ici ne le contrariait pas du tout, bien au contraire. Lui, ce qu'il aurait aimé, en bon élève qu'il était, c'était que les parents soient nommés dans un lycée ou un Opéra...

– Arrête de rêver, le doucha sa sœur, dis-moi plutôt comment je peux faire...

– Faire quoi?

– J'ai réfléchi, tu vois... Je me dis qu'il y a une personne qui pourrait nous aider à avancer...

– Ah oui! Et qui, s'il te plaît?

Lily s'assit sur le bord du lit de Lucas en s'efforçant de faire le moins de bruit possible car elle ne voulait pas que les parents les surprennent en train de conspirer.

– La victime. Eva Gold.

– Et tu crois qu'elle te parlera, à toi? Alors qu'elle a sûrement été interrogée trois ou quatre fois par la police?

– Justement, la police n'a peut-être pas su s'y prendre! Ou bien elle n'a pas posé les bonnes questions...

Lucas, assis sur sa chaise de bureau, la fit pivoter d'un quart de tour, croisant les bras avec une lueur ironique dans les yeux:

– Et toi, tu saurais ? Tu poserais les bonnes questions ?

– Pourquoi pas ? Ça ne coûte rien d'essayer.

– Je te signale qu'Eva Gold ne parle plus depuis son accident. C'est toi qui vas lui rendre la parole ?

Lily se mordit la lèvre inférieure. Évidemment, c'était un problème. Mais, obstinée, elle ne pouvait renoncer à son idée, sûre que la solution, c'était en partie la comédienne qui la détenait.

– Et tu comptes faire comment ? demanda Lucas pour couper court aux divagations de sa sœur. T'as même pas son adresse...

La jeune fille se fendit d'un large sourire tout en se levant. D'un geste machinal, elle tira sur son tee-shirt bleu qui s'ornait de petites pierres de toutes les couleurs :

– Bouge pas ! ordonna-t-elle. Je reviens !

Elle fila sans bruit du côté de sa chambre, revint avec un classeur rouge sur lequel était collée une étiquette blanche. Lucas lut : *Théâtre des Trois-Coups, dossier administratif*. Il tressaillit et ouvrit de grands yeux :

– T'es malade ? T'as fouillé dans les affaires de papa ?

– Fouillé ! Tout de suite les grands mots ! Je l'ai emprunté, c'est tout !

– T'as pété les plombs ou quoi ? Et si papa le cherche, ce soir ? Ou maman, pour ses plannings ?

– Maman range ses plannings dans une chemise en carton, pas dans ce classeur. Quant à papa, il est dans sa chambre, j'ai vérifié, il dort. Regarde un peu ça !

Lily ouvrit le classeur. Il y avait dans ce gros bouquin tout ce qu'il fallait savoir sur le théâtre : les plans, le règlement intérieur, le mode de fonctionnement du chauffage, des installations électriques, les croquis indiquant les issues de secours, les numéros de la police, des pompiers... Bref, des pages et des pages que Jean Rose devait avoir à portée de main en toutes circonstances. Une rubrique concernait le personnel, les renseignements utiles sur chacun, les numéros de téléphone des employés et... leurs adresses.

Lucas gratifia Lily d'un coup d'œil admiratif. Comment y avait-elle pensé ?

– Ben, je réfléchis, moi, dit-elle d'un air important, ce n'est pas très sorcier. Tu vois, là, il y a l'adresse de Janita et Eva Perez.

Par chance, la responsable des costumes et sa fille habitaient à quelques rues du théâtre. Janita était ainsi à proximité d'Eva et pouvait rapidement se rendre auprès d'elle en cas de nécessité.

– Il faut y aller demain, affirma Lily, c'est mercredi, et après je ne suis pas sûre qu'on pourra encore... Surtout si papa met sa menace à exécution et démissionne...

Lucas fit un tour complet sur sa chaise, planta ses yeux dans ceux de sa sœur :

– Tiens donc ! Et qu'est-ce qu'on va dire aux parents ? « Euh... papa, maman, ne vous occupez pas de nous aujourd'hui, on va aller interroger la victime d'un accident parce que la police n'en est pas capable et... »

– Mais non, que t'es bête ! J'ai une idée...

11

À quatorze heures, le lendemain, les jumeaux sortirent de chez eux. Alice leur fit un petit signe de la main, leur recommandant d'être prudents et de rentrer dès la fin de la séance de cinéma. Partagée entre l'amusement et la honte, Lily fit remarquer à Lucas, dès qu'ils se furent suffisamment éloignés, qu'il était étonnamment facile de mentir aux adultes. Lui ne trouva pas la plaisanterie à son goût, bien qu'il fût quand même passablement excité par ce qu'ils allaient faire. Pour le décider, Lily avait promis de lui faire cadeau d'un mois entier de son argent de poche en compensation de son aide... Avec l'argent qu'Alice leur avait donné pour le cinéma, cela faisait une coquette somme qu'il comptait utiliser pour l'achat d'un nouveau logiciel. Oui, vraiment très facile, à deux, d'inventer une envie de cinéma – un super-film qui venait de sortir – pour aller voir Eva Gold. Jean n'avait pas soulevé d'objection, soulagé que Lily obéisse si vite à l'interdiction de circuler dans le théâtre et content que ses deux garnements soient pour une fois d'accord sur quelque chose. Le matin, Lucas avait téléchargé la bande-annonce du film qu'ils étaient censés aller voir afin de pouvoir répondre aux questions des parents. Ils en avaient regardé quelques extraits ensemble pendant qu'Alice allait faire le ménage dans les loges. À midi, quand elle était revenue, elle les avait trouvés sagement attablés à leurs devoirs et, du coup, avait consenti à leur donner les dernières nouvelles du théâtre. L'état d'Armand Palmer était stationnaire et les policiers étaient revenus. Leur chef avait paru embarrassé par la tournure des événements et le mystère de ce qu'il avait appelé les « empoisonnements ». Voilà qui donnait un nouveau tour à cette sombre histoire et présageait des moments difficiles pour tout le monde. Des empoisonnements !

Pourquoi pas des crimes, alors? Qui pouvait bien faire une chose pareille? Alice n'en avait pas la moindre idée.

En tout cas, il y avait de grandes chances pour que la famille Rose ne soit pas autorisée à quitter le théâtre jusqu'à la conclusion de l'enquête. Lily s'en était réjouie sans le montrer à sa mère.

Janita et Eva Perez habitaient un rez-de-chaussée au fond d'une petite allée sombre qui donnait sur une rue animée du centre-ville. Trois pots de fleurs décoraient l'entrée de la minuscule maison qui offrait en façade une porte en verre dépoli flanquée de deux fenêtres étroites. La boîte aux lettres était accrochée à une grille en fer forgé. PEREZ était écrit sur l'étiquette et, juste en dessous, EVA GOLD, presque effacé, comme si tout cela était de l'histoire ancienne.

Lily, déjà prête à pousser le petit portillon de la cour, fut stoppée par Lucas. Elle lut dans ses yeux qu'il était mort de frousse.

– Je crois qu'on est en train de faire une grosse bêtise, chuchota-t-il en effet.

– J'en étais sûre! s'écria Lily. Tu te dégonfles!

– Chut ! Crie pas comme ça ! Je me dégonfle pas ! J'essaie de réfléchir... Tu ne crois pas que ça va l'affoler de nous voir tous les deux faire irruption dans sa maison ?

– Tu étais d'accord, non ?

– D'accord pour t'accompagner, sinon les parents ne t'auraient pas laissée sortir, mais là...

– Qu'est-ce que tu proposes ?

– Tu entres et moi je reste dehors. Je fais le guet, on ne sait jamais, si sa mère arrivait sans prévenir ou bien un voisin ou quelqu'un d'autre...

– C'est ça, tu te mouilles pas, en somme, fit Lily avec ironie.

– On peut inverser les rôles si tu préfères, riposta son frère.

Ce qu'il espérait se produisit. Lily n'allait certainement pas lui laisser le premier rôle. Elle haussa les épaules :

– OK, on fait comme tu veux, tu as sûrement raison, d'ailleurs, elle pourrait paniquer.

Lucas promit d'intervenir si un imprévu survenait. Résolument, Lily franchit le portillon. À la porte, elle chercha une sonnette et, n'en trouvant pas, frappa plusieurs coups. Pas de réponse. Elle recommença sans plus de succès, bien qu'il lui semblât percevoir un léger frôlement de l'autre côté du battant. Comment faire? Elle regarda aux alentours. Lucas était invisible, l'allée déserte et, dans l'immeuble qui dominait le passage, il n'y avait aucun signe de vie. Alors qu'elle frappait une nouvelle fois avec insistance, elle perçut nettement une présence derrière le rideau de la fenêtre.

– Eva? Eva Gold? lança-t-elle d'une voix tremblante. Je m'appelle Lily Rose, je suis la fille du gardien du théâtre des Trois-Coups...

Lily s'efforçait de parler assez fort pour qu'Eva la comprenne et sans crier afin de ne pas ameuter tout le quartier. Aucune réponse.

– Eva, je sais ce qui vous est arrivé. Il faut absolument que je vous parle. C'est une question de vie ou de mort! Laissez-moi entrer, s'il vous plaît. Je vous en prie.

Silence, plus aucun mouvement derrière la vitre. Lily se dit qu'elle avait fait tout ça pour rien, que jamais Eva Gold ne l'écouterait. Elle frappa encore.

Alors qu'elle allait se résigner à faire demi-tour, elle fut prise d'une inspiration subite:

– Eva, chuchota-t-elle, je sais que vous êtes malheureuse mais il se passe des choses très graves dans le théâtre... J'ai peur pour votre mère... Je crois qu'elle va avoir de gros ennuis.

C'était sorti tout seul et, à ce moment-là, Lily songea que, bien qu'elle ne l'ait jamais formulée, cette pensée que madame Janita était concernée par les « empoisonnements » lui paraissait une évidence. Le nom de sa mère agit comme un sésame sur Eva et, dans un grincement bref, la porte s'ouvrit.

Eva Gold paraissait tassée dans son fauteuil roulant, les jambes recouvertes d'un plaid en laine grise. Ses mains, posées sur ses genoux, étaient blanches et diaphanes. Ses cheveux noirs étaient longs et pas très bien entretenus. Une épaisse frange cachait à moitié le visage de l'ancienne comédienne.

– Bonjour, dit Lily, intimidée, je m'excuse de vous déranger, mais je devais absolument vous voir.

D'un mouvement lent, la jeune femme releva la tête et Lily fut frappée par son regard extraordinaire. Pas étonnant qu'elle ait eu ce succès fulgurant ! Ses yeux immenses, d'un vert d'eau incroyable, éclairaient un visage parfait à la peau de porcelaine qui captait le moindre trait de lumière. Eva Gold était une beauté idéale mais, pour l'heure, elle semblait surtout immensément triste.

Lily lut dans son regard une avalanche de questions. Sans hésiter, elle entra dans le vif du sujet, raconta les événements auxquels elle assistait depuis que *L'École des femmes* avait été relancée au théâtre des Trois-Coups. À l'intense surprise qui se peignit sur le visage d'Eva Gold, elle comprit que celle-ci n'était au courant de rien.

– Vous ne le saviez pas ? Votre mère ne vous a rien dit ?

Eva secoua la tête. Puis, de sa main gauche, elle pressa sur un boîtier de commande situé au-dessus de l'appuie-bras du fauteuil, et l'engin pivota. De la main droite, elle fit signe à Lily de la suivre et se dirigea vers une grande table installée au milieu de la pièce qui, du coup, paraissait minuscule. Un équipement informatique sophistiqué y était installé, et un écran plat occupait tout le fond de la pièce, à côté de hautes piles de

DVD. Eva s'installa devant l'ordinateur et, à toute vitesse, commença à taper sur le clavier. Elle fit signe à Lily de s'approcher pour lire :

Ma mère m'interdit d'ouvrir la porte, elle téléphone toutes les heures, je dois alors lui répondre en lui envoyant un SMS. Parfois, elle arrive sans prévenir. Je ne veux pas qu'elle vous trouve ici. Dépêchez-vous de me dire ce que vous savez et rappelez-moi qui vous êtes, je n'ai pas bien compris.

Lily s'exécuta patiemment, raconta tout ce qu'elle savait. Depuis le début et en espérant ne rien oublier. Eva écoutait sans réagir. À la fin de son récit, Lily livra le fond de sa pensée : les événements récents étaient liés à l'accident survenu deux ans plus tôt et elle suppliait Eva de lui dire exactement ce qui s'était passé. Sinon, Janita aurait de gros soucis.

Pourquoi ? Qu'est-ce que ma mère a à voir là-dedans ? écrivirent les mains nerveuses d'Eva.

– Je pense qu'elle en veut à tout le monde à cause de ce qui est arrivé, répondit Lily, qui improvisait sans trop savoir où elle allait. Elle croit sûrement que la troupe de Gabriel Stein est responsable de votre accident et de votre état actuel, et elle veut vous venger.

Vous dites n'importe quoi, jamais ma mère ne ferait de mal à qui que ce soit.

– Quand même, insista Lily, elle ne vous a rien dit à propos de la pièce et des incidents de ces jours derniers. Et je vous assure qu'elle a un comportement bizarre. Elle se cache pour espionner les faits et gestes des uns et des autres, elle est toujours là quand les drames arrivent. De plus, elle est odieuse avec tout le monde.

Je ne vous crois pas, laissez-moi tranquille à présent. Allez-vous-en. Je n'aurais pas dû vous ouvrir.

« Zut, zut et re-zut, pensa Lily. Comment faire ? »

– Vous savez, reprit-elle soudain d'une voix douce, je ne crois pas que vous ayez eu un accident. Pas un simple accident, je veux dire. Je me suis demandé ce que vous faisiez là-haut à une heure pareille et je suis allée voir. J'ai découvert la passerelle et la pièce de monsieur Picard, et...

Eva sursauta, son visage prit une teinte cireuse. Si Lily s'en aperçut, elle se garda bien de s'interrompre : un flot de paroles sortait de ses lèvres. Elle jouait le tout pour le tout sans quitter Eva des yeux. Les doigts de la jeune infirme se mirent à martyriser la souris de l'ordinateur, puis progressivement à s'agiter de plus en plus tandis que son visage se décomposait. Sa jolie bouche se tordit. Elle ne songeait plus à répondre *via* son écran, comme si les mots de Lily lui paralysaient aussi les bras.

– Je ne sais pas ce qui s'est passé mais je suis certaine que Picard est concerné, enchaîna Lily. Il a un comportement bizarre avec les filles. Même avec moi. Je n'ai pas encore osé en parler à mon père car je n'ai pas de preuves. J'avais pensé que vous pourriez m'aider. Du coup, votre maman, elle se trompe elle aussi. Elle s'en prend à des gens qui n'y sont pour rien... Vous seule pouvez arrêter ça, Eva...

Une sorte de sanglot jaillit de la gorge de l'ancienne comédienne qui se mit à se tordre les mains avec violence. Inquiète de la tournure que prenaient les événements, Lily se demanda si cette visite n'était pas la plus mauvaise idée qu'elle ait jamais eue. Instinctivement, elle tourna les yeux vers la porte, espérant un improbable secours de son frère. Une sonnerie sur un air de salsa la fit tressaillir. La jeune femme leva sur sa visiteuse un regard noyé en fouillant sous le plaid qui lui couvrait les genoux. Elle en extirpa un téléphone portable et montra le cadran à Lily. *Maman* était le nom qui s'affichait. Eva reposa l'appareil sur ses genoux sans décrocher.

– Vous ne lui répondez pas ? s'alarma Lily.

Lentement, Eva se tourna vers son clavier.

Je lui dis que vous êtes là avec moi ?

– Non ! protesta Lily qui se voyait déjà entre les griffes de Janita. Je vous en prie, je suis venue en amie, pour rétablir la vérité. Je vous jure que c'est vrai. Et si c'est ce que vous voulez, je m'en vais. Je ne vous embêterai plus.

Eva sembla peser le pour et le contre pendant d'interminables secondes. Puis elle reprit son téléphone et tapa un message : *tout est ok, biz*, qu'elle envoya à sa mère.

Les jambes flageolantes, l'adolescente resta un moment à contempler la jeune infirme. Puis, à regret, elle se dirigea vers la sortie.

« Tu ne vas pas partir comme ça, songea-t-elle, furieuse contre elle-même et contre Eva. Il faut insister ! »

À la porte, n'y tenant plus, elle se retourna :

– Vous savez, il y a une fille, à l'atelier, elle s'appelle Natacha... J'ai vu Picard qui la regardait bizarrement l'autre jour... Enfin, je me trompe peut-être mais... elle n'est pas venue travailler depuis hier...

Silence.

– Bon, eh bien, au revoir, Eva.

Alors qu'elle allait ouvrir la porte, le ronronnement du moteur du fauteuil qui se mettait en route l'arrêta net. Elle eut peur qu'Eva ne pique une crise et estima qu'il était urgent qu'elle s'en aille. Elle sentit le fauteuil tout près d'elle, dans son dos, au point qu'elle percevait la chaleur des jambes d'Eva contre les siennes.

– Attends, Lily ! fit derrière elle une voix bizarrement rauque, ne pars pas, je vais tout te dire.

Lily s'était figée, plus stupéfaite d'entendre Eva parler que de sa brusque décision de tout lâcher.

La tête baissée, d'une façon presque inaudible, l'ancienne comédienne expliqua ce qui s'était vraiment passé le soir de son accident.

Pourquoi, en sortant du coma, elle avait décidé de se taire sur les circonstances exactes du drame. Son choix, par la suite, de ne plus parler. Rien n'aurait pu arrêter la jeune femme, au débit semblable à une rivière en crue, alors qu'elle n'avait pas prononcé un seul mot en deux ans. Lily était atterrée. C'était bien plus grave que ce qu'elle craignait. Et il paraissait évident que, faute d'avoir su la vérité, madame Janita s'en prenait à présent à des gens qui n'avaient rien à voir avec cette histoire. Eva se fit alors décrire les symptômes de l'étrange maladie qui touchait les comédiens. Lily rapporta ce qu'elle avait entendu. Le doute n'était plus permis. Eva la conduisit vers la chambre de sa mère et, s'emparant d'un coffret, elle l'ouvrit à l'aide d'une petite clef cachée dans un pot de fleurs.

– Quand maman n'est pas là, j'ai le temps de fouiner, avoua-t-elle à Lily sur un ton d'excuse. Elle est mexicaine, elle connaît bien les plantes d'Amérique centrale. Elle m'a toujours soignée avec ces plantes, mais il y en a qui sont dangereuses et peuvent provoquer des hallucinations ou d'autres inconvénients très désagréables.

Elle sortit du coffret un petit flacon qui contenait une poudre grisâtre, aussi fine que de la farine.

– J'ai peur qu'elle se soit servie de ça, dit-elle en tendant le récipient à Lily. Ce n'est pas un véritable poison mais un extrait d'une plante très fortement urticante. Ça donne des démangeaisons, des rougeurs, de la fièvre. Et si on respire cette poudre, on peut ressentir des troubles respiratoires.

Quelqu'un avait parlé d'empoisonnement, la veille. Le mot était peut-être fort mais Janita avait quand même débloqué. Les deux filles observèrent un long silence.

– Tu veux boire quelque chose ? demanda Eva tout à trac.

Lily jeta un coup d'œil à la pendule accrochée au-dessus de la télé. Elle avait encore le temps.

– Oui, un Coca, si tu en as.

Au lieu de se diriger vers la cuisine, Eva retourna dans le couloir et désigna la porte d'entrée avec un petit sourire :

– Tu pourrais faire entrer le garçon qui t'attend dehors, non ? Avec ce froid, il va être congelé !

– Ah ! c'est-à-dire... bafouilla Lily, c'est Lucas, mon frère... Comment tu sais ?... Tu l'as vu ?

– Je vis en vase clos depuis deux ans... J'ai appris à observer, à écouter. Il est passé deux fois derrière cette fenêtre et au moins trois derrière celle-là !

Dépitée de n'avoir rien remarqué, Lily alla ouvrir la porte.

Lily et Lucas couraient vers le théâtre. À présent, ils avaient un bon quart d'heure de retard.

– On va se faire engueuler à cause de toi, s'agaça Lily.

– T'avais qu'à me faire entrer avant !

– T'avais qu'à pas faire les yeux doux à Eva !

– Moi ? N'importe quoi !

C'est vrai qu'elle était belle ! Le Coca était frais. Eva, comme soulagée par sa confession, avait repris des couleurs.

– Vous ne vous ressemblez guère pour des jumeaux, avait-elle énoncé de sa voix claire, inimitable.

Lucas n'avait pas bronché en découvrant qu'Eva avait retrouvé l'usage de la parole. Son expression de surprise n'avait pourtant pas échappé à sa sœur.

– Je t'expliquerai, lui avait-elle soufflé à l'oreille. Eva est fatiguée, on va la laisser.

Mais la comédienne avait insisté pour qu'ils restent encore un moment. Elle recevait si peu de visites. Lucas, attiré par les DVD, avait découvert des jeux vidéo inconnus. La jeune femme lui avait proposé d'en essayer un qu'elle trouvait génial. Ils avaient joué ensemble. Le temps avait filé et maintenant ils avaient dépassé l'heure autorisée.

Lucas s'arrêta devant une boutique de vêtements, hors d'haleine.

– J'ai un point de côté, dit-il.

Il faut dire qu'il n'était pas vraiment sportif, au contraire de sa sœur.

– Je m'en fiche, protesta-t-elle, tu n'avais qu'à pas t'incruster chez Eva. Elle t'a tapé dans l'œil, avoue !

Lucas rougit, le nez collé à la vitrine qui exhibait des jeans pattes d'éléphant brodés, à la mode de ce printemps.

– Dans tes rêves ! Quand même, on lui devait bien ça, à Eva, non ? Je suppose qu'elle t'a tout dit ?

– Bien sûr...

Lucas fit une moue dépitée. Lily eut pitié de lui. Elle lui prit le bras et ils se remirent en route, bien décidés cette fois à raconter toute l'histoire à leurs parents.

12

Dès le pas de la porte, ils comprirent que leur projet allait devoir attendre encore un peu.

L'appartement était vide ; ni Alice ni Jean n'étaient là pour les accueillir. Ils partirent aussitôt à leur recherche dans le théâtre. Ils croisèrent des inconnus en civil qui regardaient partout, des policiers en uniforme qui stationnaient devant des portes fermées : celles des loges et de l'atelier en particulier.

– Qui êtes-vous? leur demanda un homme, un carnet à la main.

Il avait aussi une oreillette et un fil de plastique transparent se perdait dans son col.

– Et vous? demanda Lily sans se démonter.

– Je suis l'officier de police Duchant. Je suis commandant à la brigade criminelle.

Le sang de l'adolescente ne fit qu'un tour. Elle sentit la main de Lucas serrer fortement son bras. Brigade criminelle ? Crime ?

– Il y a eu un crime ? fit-elle d'une voix blanche. Qui est mort ?

Tétanisée, elle s'attendait à ce que l'homme lui dise : « Jean Rose » ou « Alice Rose ». Mais l'officier se contenta de hocher la tête avec un petit sourire :

– Personne, j'espère... Une jeune fille a disparu.

– Qui ? s'écria Lily.

– Natacha Gerin. Elle travaille à l'atelier des costumes... Tu la connais ?

– Mais comment ça, elle a disparu ? s'exclama Lily.

– Je t'ai demandé si tu la connaissais, insista le commandant Duchant. Oui ou non ?

– Un peu, répondit Lily, tandis que Lucas faisait non de la tête.

L'officier voulut savoir qui ils étaient. Il nota les indications dans son calepin. Comme il faisait mine de repartir, Lily se sentit frustrée. Pourquoi ne voulait-on rien leur révéler ?

– Je ne peux pas vous en dire davantage, dit l'homme avec patience. Natacha Gerin n'est pas venue travailler depuis deux jours et ses parents ont signalé qu'elle n'avait pas regagné son domicile non plus. Si vous ne savez rien, vous feriez mieux de quitter les lieux.

– Mais où sont nos parents ?

– Ils sont interrogés par mes hommes, comme tout le monde dans le théâtre. Allez, rentrez chez vous, s'il vous plaît !

Le commandant avait l'air sévère. Il n'y avait plus qu'à obéir.

La journée n'en finissait pas. Ce n'est qu'à dix-neuf heures que Jean et Alice revinrent enfin. Dépassés par les événements qui se précipitaient, ils ne songèrent pas à interroger les jumeaux sur leur après-midi, ce qui les arrangea bien. Ces derniers avaient préparé le repas (spaghettis, jambon, yaourts). Lucas avait mis le couvert, Lily fait cuire les pâtes. Trop perturbés par les rebondissements de l'affaire, les parents ne pensèrent pas davantage à les en féliciter. Pendant quelques minutes, tout le monde resta silencieux. Puis, sans préambule, Jean annonça que les choses tournaient mal au théâtre et que, dès l'enquête terminée, la famille repartirait vers d'autres horizons. C'était trop pour lui, il ne voulait pas que ses proches soient exposés à tous les dangers qui rôdaient. La cerise sur le gâteau, c'était bien sûr la disparition de Natacha Gerin, et la tête de Jean indiquait clairement qu'il n'était guère optimiste.

– La police a interrogé tous les employés du théâtre, leur apprit Alice en réponse à une question de Lily. C'est très embêtant, cette histoire, elle n'a même pas seize ans, cette jeune fille...

– Personne ne sait rien ? demanda Lily, qui bouillait intérieurement.

– Les policiers ont distribué une photo d'elle dans tout le quartier... Elle est tellement mignonne, c'est bien triste, une histoire pareille, soupira sa mère.

– Vous l'avez, cette photo ? intervint Lucas qui avait à peine touché à son assiette et jetait à Lily des coups d'œil insistants, comme pour l'inciter à faire ce qu'elle avait promis : tout raconter aux parents.

– Oui, répondit son père d'un ton embarrassé.

Lui aussi chercha de l'aide auprès de sa femme qui fit un signe de tête pour l'encourager. Jean sortit de sa poche un cliché en couleurs sur lequel la jolie Natacha souriait de toutes ses dents. Il le posa au milieu de la table et les jumeaux se penchèrent dans un même mouvement. Lily poussa une exclamation en portant la main à sa bouche.

Lucas, Jean et Alice tournèrent vers elle des regards interrogateurs. Lily était devenue toute pâle. Sur la photo, Natacha portait un blouson gris et une écharpe rouge bordée à chaque extrémité de longues franges noires.

Jean Rose afficha une mine sévère en apprenant les exploits de ses enfants. Surtout ceux de Lily qui, d'après ses révélations, avait pris des risques insensés en essayant de découvrir ce qui se passait dans le théâtre. Et il s'en voulait de n'avoir pas réagi avec assez de fermeté face aux agissements suspects de monsieur Picard.

– L'écharpe que porte Natacha, je l'ai vue dans la pièce derrière la passerelle, affirma Lily. Elle était posée sur le divan...

– Mais comment est-ce possible ? s'écria sa mère. Et quel rapport entre tous ces faits ?

Patiemment, sa fille exposa son point de vue et les conclusions auxquelles elle était arrivée.

Jean réfléchissait. Après que Lily, relayée parfois par Lucas, eut terminé son récit, il prit la parole :

– Je ne sais plus quoi penser... Il faut laisser la police faire son travail et continuer les interrogatoires. Les gens concernés vont devoir s'expliquer et on verra bien ce qui se passera.

– Mais papa ! intervint Lily, si les gens concernés, comme tu dis, font disparaître les preuves cette nuit ou prennent la fuite...

– Tu vas trop au cinéma, ma fille, la coupa Alice, tu ne crois pas ?

Lily fit valoir ses arguments avec une telle force de conviction que Jean dut finalement céder. Il accepta de retourner sur la passerelle avec elle, de franchir le petit couloir sombre, d'ouvrir la porte de la pièce secrète et de mettre l'écharpe rouge – une pièce à conviction déterminante – en lieu sûr.

– Il vaudrait peut-être mieux prévenir les

policiers ce soir, suggéra Alice, que l'aventure rendait nerveuse.

– Ils ne peuvent pas intervenir à cette heure tardive, objecta Jean. C'est la loi. Et, de toute façon, on ne va pas les déranger tant qu'on n'est pas sûrs...

La vérité, c'est qu'il ne croyait pas complètement à cette histoire. Tout cela paraissait tellement invraisemblable ! Sa fille possédait une imagination sans limites mais, si elle avait raison à propos de l'écharpe de Natacha, il fallait tendre un piège à la personne responsable de toutes ces horreurs. Oui, il fallait crever l'abcès, une fois pour toutes.

Avec une lueur résolue dans les yeux, le père des jumeaux prit une lampe torche au râtelier, décrocha son gros trousseau de clefs qui ouvraient toutes les portes du théâtre et, Lily sur ses talons, s'en fut du côté du poulailler.

Ce soir-là, aucun bruit anormal ne troublait le théâtre. Lily et son père avançaient dans les couloirs et les escaliers en s'efforçant de rester discrets malgré tout : pas la peine d'attirer l'attention si le suspect se planquait quelque part. C'était peu probable car tous les employés avaient été priés de rentrer chez eux par le commandant Duchant, mais mieux valait se méfier. Ils grimpèrent jusqu'au niveau le plus élevé. Lily montra à son père le balcon d'où était tombée Eva Gold puis l'entraîna vers la passerelle. Le bâtiment, plongé dans l'obscurité, était désert. Le pupitre du permanent était bien rangé et, comme il fallait s'y attendre, la porte de la pièce secrète fermée à double tour. Jean Rose essaya plusieurs clefs. Après quelques tentatives infructueuses, le pêne joua et la porte s'ouvrit. Lily frissonna et elle n'aurait su dire si c'était de satisfaction ou d'appréhension. Aussitôt qu'ils furent entrés, ils se rendirent à l'évidence : il n'y avait rien de ce qu'avait décrit Lily. Pas une bouteille d'alcool sur le comptoir, pas de cendrier plein de mégots... À la place, quelques livres et magazines, et des bouteilles d'eau avec des verres en plastique. Et, hélas, plus d'écharpe rouge sur le divan.

– Je te jure, papa, elle était là...

Elle montra le vieux canapé en évitant le regard de son père qu'elle devinait plein de suspicion.

– J'espère que tu n'as pas raconté d'histoires, chuchota Jean. Sinon...

– Mais non, protesta Lily avec colère, c'est lui qui a fait le ménage.

Ils fouillèrent la pièce dans ses moindres recoins. Sans succès.

– Il a eu peur de la police, insista Lily, il a tout nettoyé avant la perquisition.

– Les policiers sont arrivés sans prévenir. Ils ont immédiatement commencé leurs recherches, personne n'a eu le temps de se débarrasser de quoi que ce soit.

– Ils sont venus ici aussi?

– Bien sûr.

Lily fronça les sourcils, l'air buté :

– Avant qu'ils ne montent, Picard a dû trouver le moyen de faire disparaître les indices.

Jean regardait tour à tour la pièce et sa fille, pas convaincu et, à vrai dire, de plus en plus réticent.

– Lily, tu vois bien qu'il n'y a rien. Je parlerai demain matin au commandant Duchant. Je lui exposerai ton point de vue, c'est promis.

Elle ouvrit la bouche pour protester. Aucune idée nouvelle ne lui venant à l'esprit, elle repartit à la suite de son père.

La nuit fut une suite de cauchemars. Lily rêva de Picard, d'Eva, de la pauvre Natacha dont on était sans nouvelles. Où était-elle? Que lui était-il arrivé? À chaque instant, Lily se réveillait, le cœur fou. Pourquoi son père ne la croyait-il pas? Où Picard avait-il fait disparaître les objets compromettants? Les questions tournaient comme un manège sans fin. Elle sombra finalement à deux heures, exténuée.

Vers cinq heures, elle fut soudain tirée de son sommeil par un bruit venant de l'impasse sur laquelle donnait sa chambre. Elle se dressa dans son lit, en sueur. Tendant l'oreille, elle s'efforça d'identifier ce qui l'avait sortie de ses mauvais rêves. Cela provenait de la rue. Un moteur de camion, le ronflement d'une benne en mouvement, le raclement sur les pavés de conteneurs à ordures. Les poubelles! Comment n'y avait-elle pas pensé plus tôt?

Elle passa un pull par-dessus son pyjama et enfila en vitesse une paire de baskets. Dans la cuisine, elle saisit la lampe et le trousseau de clefs restés sur la table. Il fallait faire vite avant que les éboueurs n'atteignent l'impasse et n'embarquent le contenu des poubelles du théâtre.

– Pas le temps de réveiller papa, marmonna-t-elle en ouvrant la porte.

Le plus simple et le plus rapide était de passer par l'intérieur du bâtiment, de rejoindre le sous-sol et d'accéder ainsi à la rampe par laquelle Jean Rose, chaque soir, sortait les déchets.

En courant, elle longea la coursive dominée par la statue de Thalie, imperturbable et toujours parée de son expression légèrement moqueuse. Au fond de ce couloir de service, elle s'engagea dans une volée de marches qui plongeait dans les sous-sols. Lily y était descendue souvent car c'était par là que l'on accédait au trou du souffleur. Pourtant, elle n'avait jamais exploré les caves et tous les recoins où se cachaient des monceaux d'objets oubliés, de pièces de décor, d'outillage divers. C'est à ce niveau aussi qu'on trouvait les installations techniques comme la chaufferie et, à l'aplomb de la scène, toute une machinerie complexe qui servait à faire monter et descendre les décors. Elle traversa ces espaces inconnus du public, guidée par la lumière puissante de la torche. Au pied de la rampe qui grimpait jusqu'à une double porte donnant sur la rue, elle découvrit les poubelles. Deux gros conteneurs pleins à ras bord. Dans l'affolement de cette journée pas comme les autres, Jean Rose avait oublié de les sortir ! « Une chance », se dit-elle en commençant à vider le premier. Pendant un quart d'heure, elle fouilla parmi les résidus : chutes de tissu, papiers de bonbons, canettes vides... Rien. Sans faiblir, l'adolescente attaqua le second. Elle était au bord du découragement quand, tout au fond, un carton attira son attention. Arc-boutée sur le conteneur, elle extirpa l'objet et, au bruit, sut aussitôt qu'elle avait trouvé ce qu'elle cherchait. Effectivement, il débordait de bouteilles d'alcool, celles qu'elle avait vues dans la pièce secrète de Picard, et de tous les objets interdits dont ce dernier s'était débarrassé. Juste en dessous du carton, un sac en plastique d'où dépassaient des bouts de laine noire. Lily poussa un cri de triomphe. Dans la pochette, il y avait bien ce qu'elle espérait : l'écharpe rouge et noire de Natacha.

La famille Rose au complet fixait les objets étalés sur la table de la cuisine, Lily triomphante, Alice et Lucas éberlués et admiratifs. Quant à Jean, il n'en revenait pas. Ce qui se passait dans le théâtre, aux heures où les braves gens dormaient, était inconcevable. Que monsieur Picard, l'homme qui l'avait tant impressionné dans le travail, se trouve au cœur de cette vilaine affaire le consternait. Mais c'était ainsi. À présent, il fallait le confondre.

Jean leva les yeux vers la pendule. Il était temps d'appeler la police.

13

Le commandant Duchant éteignit la petite caméra grâce à laquelle il avait enregistré la déposition de Lily, en présence de son père, au commissariat central. Cette procédure était obligatoire pour les mineurs. Il se leva, contourna son bureau et prit dans le bac de l'imprimante les deux feuillets qui contenaient les révélations de la jeune fille.

– Voilà, tu peux signer ici, dit-il en posant les papiers devant elle. Vous aussi, monsieur Rose... Lily, tu es très courageuse et... très perspicace. Je te remercie. Sans toi, nous aurions piétiné encore longtemps.

– Mais ce n'est pas fini? objecta l'adolescente.

– Bien sûr que non !

– Qu'est-ce que vous allez faire ?

– Lily ! protesta son père, ce n'est pas à toi de...

Le commandant Duchant sourit avec indulgence :

– Laissez, monsieur Rose, Lily a le droit de poser cette question, elle a fait faire un pas décisif à l'enquête. Nous devons encore confondre la personne principalement mise en cause et, surtout, retrouver Natacha Gerin... Tu n'as pas une idée de l'endroit où elle peut se trouver ?

Lily fit non de la tête. Hélas !

– Tu la connais bien ?

– Non, pas vraiment... Pourquoi ?

Le policier haussa les épaules, hésitant à en dire plus.

– Eh bien... j'avoue que, jusqu'à ce matin, je me demandais si tout ça tenait vraiment la route. Natacha Gerin, disparue...

– Que voulez-vous dire ? demanda Jean.

Duchant referma son stylo en soupirant.

– Je ne devrais pas vous faire ce genre de confidence, monsieur Rose, mais cette jeune personne est connue de nos services. Oh ! rien de très grave, une petite affaire de vol à l'étalage il y a trois ans en raison de fréquentations douteuses... Je me suis dit qu'elle avait peut-être renoué avec quelque sale type... Il n'en faut pas plus parfois pour retrouver ses vieux démons.

– Je suis sûre que non ! intervint Lily. C'est une fille bien, elle est sérieuse. Et vous oubliez l'écharpe que...

– Je n'oublie rien... Mais tu as raison, on ne doit pas se laisser influencer par le passé des gens. C'est la raison pour laquelle j'ai lancé un avis de recherche, toute la ville est mobilisée pour la retrouver.

– Vous croyez que Picard aurait pu lui faire du mal ? hasarda Jean Rose.

– D'après ce que nous savons, il est plus bête que méchant mais, avec ce genre d'individu, les choses peuvent mal tourner, surtout sous l'empire de la boisson. Comme avec Eva Perez... Il faut toutefois garder notre calme et rester optimistes !

Le policier enfila sa veste et attendit que Lily et son père finissent de signer les procès-verbaux.

– Bien, fit-il en rassemblant les papiers, vous allez rentrer chez vous à présent. Je vais faire un briefing avec mes hommes, prendre quelques dispositions. Rendez-vous à neuf heures au théâtre. Lily, je vais avoir besoin de ton aide.

– Pourquoi ?

Duchant posa la main sur son épaule, se penchant vers elle comme pour lui livrer une importante confidence :

– Je veux organiser une confrontation générale ! Je vais t'expliquer ce que j'attends de toi, si tu es d'accord, et vous aussi, monsieur Rose, bien entendu. Mais jusque-là, silence ! Je compte sur vous.

Lily n'était jamais montée sur la scène. Elle l'avait vue d'en bas, depuis le trou du souffleur, ou de côté, à travers les rideaux des coulisses. Jamais encore elle ne s'était trouvée là, en plein milieu de cet espace qui paraissait à la fois immense et tout petit face aux nombreuses rangées de sièges vides. Vu d'ici, c'était très impressionnant et Lily, qui s'était souvent imaginée en comédienne célèbre, prenait soudain conscience qu'il fallait beaucoup de courage pour affronter un public.

Pour l'heure, le public, c'était le petit monde du théâtre au grand complet. Techniciens, électriciens, costumiers, accessoiristes et toute la troupe de *L'École des femmes*. À l'exception de Maud Aubert et d'Armand Palmer qui n'étaient pas en état de se trouver là. C'est Gabriel Stein qui les représentait, après être allé les voir à l'hôpital la veille au soir. Madame Janita se tenait en retrait, renfrognée comme à son habitude. Alors que les policiers commençaient à se mettre en place, Lily remarqua l'absence du régisseur général. Son père jetait des coups d'œil inquiets autour de lui.

– Picard n'est pas là ! lui chuchota Lucas à l'oreille. C'est carrément embêtant. Imagine qu'il ait pris la fuite...

– Parle pas de malheur, souffla Lily, gagnée par l'inquiétude.

Marie, étonnée de la présence de son amie et, plus encore, de celle de son jumeau, se rapprocha :

– Ben, qu'est-ce que vous faites là ? Vous êtes convoqués, vous aussi ?

– Oui, oui, éluda Lily en se tournant du côté de l'entrée des coulisses où elle percevait de plus en plus d'agitation.

Picard fit son entrée, poussé dans le dos par le commandant Duchant.

– On a dit «tout le monde», c'est tout le monde! s'exclama le policier. Vous comme les autres. Vous terminerez votre travail plus tard. Allez, on commence, ajouta-t-il à l'adresse de ses collègues.

À ce moment, il aperçut Lily et lui adressa un petit signe d'encouragement. Puis il prit place face au groupe et s'éclaircit la voix.

– Bien! dit-il. Je vous demande d'être attentifs. Cette... réunion a pour but de faire la lumière sur la disparition de mademoiselle Natacha Gerin. Et également de déterminer les causes de la maladie suspecte dont souffrent deux comédiens, Maud Aubert et Armand Palmer. Tout laisse à penser en effet que cette maladie a été provoquée par le contact avec un produit toxique...

Le commandant Duchant continua l'exposé des faits, en donnant quelques précisions que Lily l'avait aidé à découvrir. Grâce à elle, le policier avait compris les liens qui unissaient tous les protagonistes de cette affaire. Mais, pour l'instant, il ne livrait pas tout, espérant sans doute que les personnes mises en cause se dévoilent d'elles-mêmes.

– Voilà ce que nous savons, conclut Duchant. Est-ce que quelqu'un a quelque chose à ajouter?

Un silence pesant fut la seule réponse à sa question. Lily allait lever la main mais son père, debout près d'elle, la retint. Ce n'était pas à elle de mener les interrogatoires, le policier avait été très clair sur ce point!

Le commandant Duchant entreprit une lente déambulation devant toutes les personnes présentes. Quand il passa devant monsieur Picard, le régisseur général se mit à transpirer à grosses gouttes. Madame Janita, elle, leva les yeux au plafond. La plupart des autres avaient le regard fixé sur leurs chaussures, cette inspection les mettant tous mal à l'aise. Enfin, l'officier de police parvint jusqu'à Lily et s'arrêta.

– Bien, dit-il d'une voix forte, puisque vous êtes tous muets, nous allons écouter cette jeune fille!

Lily, dont le cœur battait follement, fit un pas en avant. Elle ouvrit la bouche mais aucun son ne sortit. Voilà donc ce que les comédiens ressentaient: le trac! Ses mains étaient moites, elle entendait les bruits dans une sorte de brouillard de coton, les objets et les gens prenaient des formes étranges. Le commandant Duchant lui lança un regard rassurant, exprimant qu'il était là et ne la laisserait pas tomber. Derrière elle, Lucas toussota pour lui affirmer son soutien. Elle tourna légèrement la tête pour se retrouver face à face avec Picard. Bien campé sur ses jambes, il la contemplait avec un sourire narquois. Alors, son sang ne fit qu'un tour. Elle chercha un ultime secours auprès de Duchant, qui lui adressa un léger signe du menton.

– Le responsable de tout, c'est lui ! s'écria-t-elle en tendant un doigt accusateur en direction de Picard.

Un murmure consterné jaillit de toutes les poitrines. Picard accentua son sourire idiot, mais il pâlit. Le commandant Duchant s'avança :

– C'est une accusation grave, Lily. Peux-tu nous donner quelques précisions ?

Lily, tout trac envolé, entama son récit. Elle commença par le début afin de respecter la chronologie des faits sans s'embrouiller. Elle raconta sa « rencontre » déplaisante avec monsieur Picard le soir de la dernière d'*Antoine et Cléopâtre*. La façon dont cet homme essayait d'attirer les jeunes filles dans son « antre ». Il y avait celles qui refusaient et celles qui acceptaient, parce que trop naïves ou trop confiantes.

– Il y a des témoins ici, dit Lily en montrant Marie, qui confirma d'un vigoureux hochement de tête. Et je suis sûre que Natacha est tombée dans le panneau à son tour !

Une série d'exclamations fusèrent. Picard devint vert et, subrepticement, il entama un repli vers les coulisses. Il n'avait pas fait deux pas que deux policiers baraqués lui barrèrent la route.

– Pressé de nous quitter, monsieur le régisseur général ? demanda Duchant. Si vous répondiez à cette accusation de mademoiselle Rose ?

– C'est une invention ! Cette fille est folle, complètement folle !

– Ah oui ? fit sévèrement le policier. Lily, continue, s'il te plaît !

Lily avala sa salive. Elle raconta son expédition nocturne dans les cintres, sa découverte de la pièce secrète derrière la passerelle et de tout ce qu'elle contenait. Le directeur du théâtre eut un haut-le-corps et Picard cria cette fois que Lily était une menteuse.

– Il y a un témoin ! intervint le commandant Duchant.

Il fit avancer Joseph, le jeune éclairagiste « suiveur » qui, sans se démonter, relaya les propos de l'adolescente. Puis il fit signe à Jean Rose qui se pencha pour ramasser un gros carton. Il l'ouvrit devant les yeux exorbités des spectateurs, dévoilant les bouteilles et tout ce que Lily avait trouvé dans la poubelle.

– Ces objets, tu peux nous dire à quel endroit tu les as vus pour la première fois ?

– Dans la pièce privée de monsieur Picard, le premier soir où j'y suis allée.

– Et ça aussi ?

Le policier brandit l'écharpe rouge et noire de Natacha, et le silence se fit dans les rangs. Picard se dressa dans son coin, sous l'œil attentif de ses gardes du corps.

– Ce n'est pas possible, tu n'as pas pu trouver ça là-haut !

– En effet, dit Duchant, on les a retrouvés là où vous vous en êtes débarrassé, monsieur Picard. Dans les poubelles !

Le jeune « suiveur » intervint de nouveau :

– J'ai vu monsieur Picard emporter ces objets hier, juste avant que les policiers n'arrivent pour la perquisition. Il est parti en direction du sous-sol.

– Eh bien, dit le commandant Duchant, je pense, monsieur le régisseur général, que vous allez devoir vous expliquer. Mais avant tout, qu'avez-vous fait à Natacha?

– Mais rien! hurla Picard, je ne lui ai rien fait. On a passé un moment à bavarder ensemble, ensuite elle est partie et moi j'ai fait pareil de mon côté... Je ne sais rien d'autre!

– Vous reconnaissez donc avoir entraîné la jeune fille dans cette pièce... secrète?

– Entraîné, entraîné... Elle était d'accord, je ne l'ai pas forcée... Je voulais seulement lui faire passer un bon moment, mais je vous jure que...

– Nous verrons cela en détail plus tard, l'interrompit le policier, avant de s'adresser à ses collègues: Passez-lui les menottes et allez fouiller le théâtre, de haut en bas, en long et en large.

Un de ses adjoints protesta qu'ils en avaient déjà exploré tous les étages.

– Eh bien, recommencez ! Et faites vite !

Les menottes claquèrent sur les poignets de monsieur Picard qui continua à vociférer et proférer des insultes à l'encontre de ceux qui étaient en train de l'accuser. Il y eut comme un flottement, certains employés n'en revenant pas de ce qu'ils entendaient. Le commandant leva la main pour réclamer le silence.

– Lily, peux-tu nous donner à présent ta version des incidents qui concernent Maud Aubert et Armand Palmer ?

L'assistance se figea de nouveau et tous les regards se tournèrent vers elle.

– Ah ça ! s'écria Gabriel Stein, je suis impatient de le savoir ! Vous avez une idée de ce que ça me coûte, à moi, ces arrêts maladie ? De devoir embaucher des remplaçants et de repousser encore la sortie de la pièce ?

– Eh bien, dit Lily, c'est arrivé à cause de lui !

Une nouvelle fois, elle tendit le doigt en direction de Picard. Celui-ci, malgré sa position délicate et ses menottes, éclata de rire.

– Non mais vous voyez bien qu'elle délire !

Ce n'est pas moi qui ai empoisonné Maud Aubert et Armand Palmer, tout de même !

Lily, rouge de colère, l'affronta :

– Ce n'est peut-être pas vous qui les avez rendus malades, mais c'est arrivé à cause de vous !

– Tais-toi, espèce de menteuse ! hurla Picard.

Le commandant Duchant le fit taire d'un geste autoritaire.

– Nous t'écoutons, Lily, dit-il doucement quand le régisseur général fut enfin calmé.

Encore sous le choc, un peu tremblante, elle sortit de sa poche un flacon translucide à moitié rempli d'une poudre grisâtre. Une étiquette rouge l'entourait, portant une série de lettres et de chiffres.

– C'est cette poudre qui a provoqué les allergies et les suffocations de Maud Aubert et d'Armand Palmer, expliqua Lily. C'est un extrait d'une plante d'Amérique centrale, ce n'est pas mortel, mais il ne faut pas en abuser ! Pour être précise, ça vient du Mexique...

Cette fois, tous les regards pivotèrent vers madame Janita, qui devint aussi rouge que l'écharpe de Natacha.

– Ah, vous voyez que je n'y suis pour rien ! clama Picard, je savais que cette folle mijotait quelque chose de pas catholique !

– Oui, c'est vrai, c'est elle qui a utilisé la poudre toxique, ajouta Lily, mais c'est parce qu'elle ne connaissait pas la vérité !

– De quelle vérité parles-tu, exactement ? demanda Duchant.

– La vérité sur l'accident de sa fille, Eva Gold, survenu ici même, il y a deux ans !

L'assistance laissa fuser des exclamations incrédules. Le commandant dut s'en mêler une fois de plus pour laisser Lily poursuivre.

– Madame Janita en voulait à tout le monde après ce qui est arrivé à sa fille. Elle a cru que Maud Aubert était responsable de l'accident parce qu'elle voulait prendre la place d'Eva. Quand, au début de la semaine, elle l'a vue arriver pour les répétitions, elle ne l'a pas supporté. Ensuite, quand Gabriel Stein a remplacé Maud par une autre comédienne, elle s'est dit que la pièce allait quand même être jouée et elle s'en est pris cette fois à Armand... Tout ça pour venger sa fille qui ne peut plus marcher...

– Ni parler, cria madame Janita dont les yeux lançaient des éclairs assassins. Oui, je leur en veux, et à vous aussi, Gabriel Stein ! Vous êtes tous responsables du drame ! Ma pauvre petite Eva !

La voix de la chef costumière flancha et elle, si dure, si forte, se mit à pleurer bruyamment. Tout à coup, provenant du fond de la salle, un brouhaha domina les pleurs de Janita. Les regards des spectateurs firent un nouveau quart de cercle. Stupéfaction générale ! Un fauteuil roulant poussé par un policier en uniforme descendait l'allée. Il s'arrêta au pied de la scène. Le commandant Duchant se pencha pour saluer les arrivants et Picard se mit à respirer très fort, perdant toute contenance. Madame Janita eut un sursaut en voyant sa fille, mais elle fut incapable de proférer un son.

– Bonjour, Eva, s'exclama Lily, qui ne semblait pas du tout surprise.

La jeune femme lui rendit son sourire puis lança à sa mère un regard plein d'amour, tandis que deux adjoints de Duchant faisaient monter le fauteuil sur la scène.

– Eva, énonça le commandant d'une voix forte, est-ce que vous pourriez répéter à tous ces gens ici présents ce que vous avez avoué hier à Lily Rose ?

– Vous êtes complètement fou ! s'écria madame Janita, redescendue sur terre, ma fille ne peut pas parler...

La jeune comédienne parut hésiter, le regard fixé sur sa mère, comme implorant d'avance son pardon.

– Eva, l'encouragea Lily, je t'en prie...

– Oui, dit la comédienne d'une voix très ferme, après une interminable attente, je vais tout vous raconter.

La stupeur s'abattit sur la scène. La chef costumière vacilla et il fallut les bras robustes de deux techniciens pour l'empêcher de tomber dans les pommes.

– Mais tu parles ! bredouilla-t-elle. Comment est-ce possible ?

– Pardon, maman, dit Eva, mais je ne pouvais pas faire autrement... Tu vas comprendre...

Elle marqua une pause, les larmes aux yeux. Respira un grand coup et se lança :

– Après une répétition de la pièce, il y a deux ans, le régisseur général Picard est venu me voir alors que j'allais sortir de ma loge. Il a prétendu avoir besoin de moi pour des essais d'éclairage. Nous avions pris du retard, cela expliquait cette intervention tardive. Tous les autres étaient partis et il m'a emmenée sur scène. Les fameux « essais » ont duré quelques minutes. Ensuite il a prétexté devoir monter tout en haut, dans les cintres, pour régler un projecteur. Il m'a proposé de l'accompagner, ce serait l'occasion pour moi de découvrir des lieux insolites. J'avoue que, sur le moment, ma curiosité a été piquée. J'ai accepté sans méfiance. Picard me semblait un peu collant parfois, mais sans plus. Une fois en haut, il n'a plus été question de projecteur à régler. Il m'a conduite dans une pièce avec un divan et un bar, et là, il a changé d'attitude. J'ai compris trop tard qu'il m'avait attirée dans un piège. Il m'a proposé de l'alcool, j'ai refusé mais lui en a bu. Un grand verre de whisky. Je voulais partir, il s'est adossé contre la porte pour m'en empêcher. Il insistait pour que je boive avec lui. Il disait que cela me détendrait. J'ai crié, mais il n'y avait personne pour m'entendre. Je ne savais pas ce qu'il me voulait et j'avais affreusement peur. À un moment, il s'est approché de moi, j'ai bien cru qu'il allait m'embrasser. Il a tendu la main, j'ai pensé... J'étais paniquée. Je ne voulais pas qu'il s'approche plus près. Alors je l'ai bousculé, je lui ai lancé un verre au visage et j'ai réussi à sortir de la pièce. Il m'a poursuivie et, quand je suis arrivée dans le poulailler, il m'a rattrapée. Il me serrait les bras, me coinçait contre la rambarde en me débitant des phrases sans suite. Je me suis débattue et... la suite, vous la connaissez. J'ai basculé, je suis tombée. Quand je suis sortie du coma, je ne pouvais plus marcher ni parler. Ce n'était que de l'aphasie, une réaction post-traumatique. Les médecins disaient que ça s'arrangerait avec le temps. Mais, deux jours plus tard, monsieur Picard est venu me voir. Il m'a clairement menacée de s'en prendre à nous, ma mère et moi, si je disais quoi que ce soit de cette soirée. Il m'a dit qu'il possédait une arme. C'était très clair, j'ai compris qu'il n'hésiterait pas à faire du mal à maman, à la tuer, même, et moi ensuite, si je parlais...

Sa voix se brisa. Elle se mit à sangloter et, en écho, Janita fit de même. Après quelques minutes d'émotion intense, Eva reprit le fil de son récit:

– J'ai retrouvé l'usage de la parole, mais personne ne s'en est aperçu. J'avais décidé de ne plus parler, j'étais sûre ainsi de ne pas trahir la promesse faite à cet individu. Du coup, ma mère n'a rien su non plus. J'étais loin de penser que Gabriel Stein recréerait la pièce ici et que maman ne le supporterait pas. Elle a toujours cru que Maud voulait me voler ma place, que Gabriel me détestait... Elle n'est pas méchante, seulement malheureuse, et sa poudre hallucinogène n'est pas mortelle. Je crois qu'elle voulait juste que la pièce s'arrête...

– Comment avez-vous procédé pour leur faire inhaler ce poison? demanda Duchant à Janita.

– Je leur en ai mis dans les cheveux, avoua la costumière, par le biais du bonnet pour Maud et du chapeau pour Armand... La poudre s'insinue dans les cheveux et, à moins de les laver très vite, ils conservent le produit toxique assez longtemps pour prolonger les effets pendant des semaines. Ils n'étaient pas près de s'en remettre, les pauvres. Si j'avais su...

Elle baissa la tête, effondrée.

– Vous serez poursuivie en justice pour ces faits, madame Perez, déclara le commandant

Duchant dans un silence total. Même si le véritable coupable est ce monsieur...

Le policier vint se planter devant Picard qui ne songeait plus à nier. Trop de témoins l'accusaient.

– Vous, lui dit le policier avec sévérité, vous allez en prendre pour quelques années de prison, croyez-moi ! Maintenant, dites-nous où est Natacha ! Si vous nous aidez et si on la retrouve saine et sauve, vous obtiendrez peut-être une réduction de peine.

– Mais je n'en sais rien !

– Vous l'avez menacée, frappée, elle aussi ?

Picard, regard fuyant vers la gauche, à l'opposé d'Eva, fit une moue méprisante.

– Je vous ai dit que je l'ai pas touchée ! Ces filles, c'est toutes les mêmes... Elles disent oui, et puis c'est non ! Elles savent pas ce qu'elles veulent, alors au bout du compte, c'est énervant !

Sa voix déplaisante montait, rebondissant jusque dans les cintres. Il ne put aller plus loin. Se ruant sur lui comme une diablesse, madame Janita se mit à injurier Picard, tandis qu'elle le frappait de toutes ses forces. Menotté, le régisseur était incapable de se défendre. Il se mit à hurler comme un putois. Il fallut trois hommes pour maîtriser la chef costumière et les supplications de sa fille pour la calmer. Les autres employés du théâtre en profitèrent pour cracher à Picard tout le mal qu'ils pensaient de lui.

Exploitant la cacophonie ambiante, Lily et Lucas décidèrent de s'esquiver.

Ils suivirent les pas des policiers qui cherchaient Natacha et ne l'avaient pas encore trouvée. Les hommes avaient exploré les sous-sols, les différents niveaux jusqu'au grenier, sans succès. La matinée était très avancée et, de guerre lasse, l'un des policiers donna le signal du repli : Natacha n'était pas dans le théâtre. Ce n'était pas la peine de la chercher là. Découragée, Lily s'assit sur une marche, juste sous les plis de la robe de Thalie. Lucas prit place à ses côtés.

– Si ça se trouve, Picard l'a tuée et a caché son corps, dit-il, lugubre.

– Arrête avec ça !

– Non mais tu l'as vu sur la scène ? Il prétend qu'il ne lui a pas fait de mal mais il ment... Je le voyais à son regard. Et ce qu'il a fait à Eva...

– Mais tais-toi, bon sang ! Tu me fiches la frousse et tu m'empêches de penser ! Moi, je suis sûre qu'on va la retrouver !

Ils se turent tous les deux pour réfléchir. Subitement, Lily reprit la parole :

– Picard essayait de m'attirer là-haut, le soir de la dernière de Shakespeare, j'en suis persuadée. Si papa n'était pas passé par là, je me demande ce qui serait arrivé. Et si j'avais vécu la même chose que Natacha, je me demande aussi ce que j'aurais fait !

– Tu l'aurais dit à papa.

– Et si je ne pouvais pas ?

– Comment ça ?

– Ben, moi, papa, je sais qu'il est à l'écoute et, surtout, il est tout près... J'avais qu'à rentrer à la maison ! Tandis que Natacha...

Lily ferma les yeux, concentrée à fond :

– Natacha a fait comme Eva, elle a suivi Picard parce qu'il sait s'y prendre. Une fois là-haut, il a dû essayer de la faire boire puis de l'embrasser... À mon avis, elle ne s'est pas laissé faire, et si ça se trouve, il l'a frappée. Lui, il s'est barré quand il a entendu du bruit en jetant Natacha hors de la pièce secrète. Ensuite, il a pris la poudre d'escampette, non sans l'avoir menacée de mort pour qu'elle se taise...

– Comme Eva après son accident!... Et Natacha, elle a fait quoi? Pourquoi elle s'est pas manifestée? Tu l'aurais aidée, toi!

– Mais comment elle pouvait deviner que c'était moi? Elle devait avoir une de ces peurs, la pauvre! Je pense qu'elle est restée planquée dans un coin, là-haut. Ensuite, quand c'est redevenu calme, elle a voulu sortir du théâtre mais tout était fermé. Alors elle s'est cachée.

– Et pourquoi elle s'est pas montrée le lendemain?

– Trop peur... Si elle avait des traces de coups par exemple, elle pouvait pas se montrer.

– Parce qu'elle aurait dû tout raconter... Et Picard l'avait menacée de mort... Mais alors, pourquoi elle a continué à se planquer quand la police est arrivée?

C'était une bonne question. Natacha avait-elle eu peur qu'on ne la croie pas? Son père était un homme sévère. Sa responsable, madame Janita, n'était pas du genre à plaisanter et ne l'aurait probablement pas écoutée. Mais la police? Elle aurait arrêté Picard et...

– Ah! cria Lily, si fort que Lucas sursauta, je sais! Elle avait peur de la police, aussi!

Le commandant Duchant lui avait dit le matin même qu'il n'avait pas cru d'emblée à la disparition de Natacha.

– Parce qu'elle a des antécédents! Elle a dû imaginer que, là non plus, on ne la croirait pas. Si ça se trouve, elle attend que tout se tasse pour s'enfuir et disparaître.

– Donc tu crois qu'elle est toujours dans le théâtre? avança Lucas, incrédule.

– Oui!

– Mais où?

«Oui, où?» se demandait Lily, la tête en feu à force de chercher. Elle fit appel à des images de ses brèves rencontres avec Natacha. Elle évoqua le visage de la jeune fille, si fermé parfois. Elle revit le fameux mercredi... Elles marchent ensemble dans le théâtre. La jeune couturière, plutôt timide, admire l'audace de Lily. Elle lui envie sa témérité. Elles avancent, côte à côte, descendent un escalier, entrent dans le sous-sol.

– Tu veux visiter l'endroit le plus secret du théâtre, Natacha ?

– Oh ! oui, Lily, s'il te plaît !

Elle fit un bond, agrippant avec force le bras de son frère qui poussa un petit cri de douleur.

– Lucas, s'écria-t-elle, je sais où elle est !

Épilogue

Théâtre des Trois-Coups, un mois et demi plus tard...

Le rideau rouge s'ouvrit sur l'acte II, scène 5 de *L'École des femmes*.

C'était le soir de la «générale», la dernière répétition avant la présentation de la pièce au public.

Un tonnerre d'applaudissements souleva une salle pleine à craquer.

Arnolphe

La promenade est belle.

Agnès

Fort belle.

Arnolphe

Le beau jour!

Agnès

Fort beau.

Arnolphe

Quelle nouvelle?

Agnès

Le petit chat est mort.

Des rires ravis, et que d'applaudissements encore et encore!

Sur scène, les deux comédiens durent attendre que s'estompe l'enthousiasme de la salle pour reprendre leurs répliques.

Arnolphe

C'est dommage: mais quoi? Nous sommes tous mortels, et chacun est pour soi.

Lorsque j'étais aux champs, n'a-t-il point fait de pluie?

Agnès

Non.

Arnolphe

Vous ennuyait-il?

Agnès

Jamais je ne m'ennuie.

Assise au premier rang, Lily buvait les paroles de la belle Agnès. De temps en temps, elle scrutait le visage de son jumeau pour voir ce qu'il en pensait. Captivé, Lucas ne bronchait pas, ce qui prouvait que le théâtre pouvait fasciner même les plus récalcitrants.

Toute cette première rangée était occupée par des gens de la profession, comme il était de tradition pour la générale. Janita, Gabriel Stein, Marie, Grégoire, Joseph... Alice et Jean Rose se tenaient tout au bout de la rangée. Entre Lily et Lucas, Natacha, la jeune stagiaire qui avait subi les manigances de monsieur Picard. Lui, bien sûr, était absent. Il avait été envoyé en prison pour un bon moment.

Natacha ne quittait plus les jumeaux depuis qu'ils l'avaient retrouvée dans le trou du souffleur où elle s'était enfermée. Les policiers s'en étaient voulu : être passés à côté de cette minuscule cachette sans s'apercevoir de rien... Le commandant Duchant leur avait passé un sacré savon.

Sans Lily et Lucas, personne n'aurait appris ce qui était arrivé à Natacha. Quand elle avait raconté sa triste aventure, Lily avait compris qu'elle avait vu juste. Après l'avoir entraînée au poulailler sous prétexte de lui montrer la scène vue de tout là-haut, Picard avait voulu la faire boire. Trop timide pour refuser, la jeune fille avait accepté un simple verre de jus d'orange. À partir de là, Picard ne s'était plus retenu. Il avait essayé de l'embrasser, et devant sa résistance, il lui avait tordu le bras. En se débattant, Natacha avait heurté violemment le montant de la porte. À moitié assommée, elle n'avait été sauvée que parce que Lily avait fait du bruit avec sa lampe sur la passerelle. La suite, Lily l'avait décrite à Lucas dans l'escalier, exactement. Désemparée et trop paniquée à l'idée de croiser de nouveau Picard, la seule idée qui était venue à la jeune stagiaire avait été de trouver refuge dans le trou du souffleur où son amie l'avait amenée une fois. Celle-ci avait crié de joie quand Natacha était enfin apparue, effarouchée comme un oiseau de nuit surpris par la lumière du jour. Elle avait faim et soif. Son visage s'ornait d'un gros hématome de même que son bras gauche.

La bienveillance de tout le théâtre l'avait aidée à lâcher ce qu'elle avait sur le cœur. Même Janita l'avait soutenue, malgré ses propres ennuis.

Lily vit les larmes qui coulaient sur le visage de la chef costumière et elle dut se cramponner à son fauteuil pour ne pas pleurer aussi. La mère d'Eva avait dû répondre de ses actes devant les policiers qui l'avaient présentée au juge d'instruction. Même si elle n'avait pas eu l'intention de tuer, les faits qu'on lui reprochait étaient graves. Étant la seule personne capable de s'occuper d'Eva, elle avait été laissée en liberté provisoire, sous contrôle judiciaire, en attente de son procès. Tout le monde, au théâtre, croisait les doigts pour qu'on lui accorde des circonstances atténuantes.

Sur la scène, la jeune Agnès déclamait son texte avec une telle ferveur que le public applaudissait à tout bout de champ. Surtout Maud Aubert, complètement remise de son aventure avec la poudre grise de madame Janita. Après quelques jours de soins, les symptômes avaient disparu. Assise à côté de Gabriel Stein, elle ne faisait rien pour cacher son émotion. Pourtant, ce n'était pas elle qui jouait sur scène pour cette générale. Elle s'en consolait : on venait de lui proposer un rôle important dans un film.

Armand Palmer, qui interprétait Horace, l'amant d'Agnès, était apparu dans la scène 4 de l'acte I et lui aussi avait été applaudi à tout rompre. Il ne souffrait plus des désagréments causés par la poudre mexicaine et on murmurait qu'il était tombé fou amoureux de sa partenaire, la belle jeune fille qui jouait Agnès dans la pièce. Le bruit courait qu'ils allaient se marier.

Éclairé par Joseph qui « suivait » l'actrice avec son projecteur, le visage d'Eva Gold irradiait une lumière et une plénitude extraordinaires. La jeune femme était véritablement d'une beauté à couper le souffle. Elle lançait ses répliques d'une voix claire et cristalline, incomparable. Lily savait qu'elle déclamait sa tirade pour sa mère. Et c'était si merveilleux de l'écouter dire son texte qu'on ne remarquait même pas qu'elle était assise dans un fauteuil roulant. C'était une grande première pour un metteur en scène de faire jouer le rôle d'Agnès par une comédienne handicapée. De mémoire de théâtre, jamais encore on n'avait vu chose pareille.

Sur la scène, les comédiens enchaînèrent :

Arnolphe

Peut-être : mais enfin contez-moi cette histoire.

Agnès

Elle est fort étonnante et difficile à croire. J'étais sur le balcon à travailler au frais, lorsque je vis passer sous les arbres d'auprès un jeune homme bien fait...

L'auteur

Danielle Thiéry est née le 15 octobre 1947 à Viévigne en Côte-d'Or. Ancienne commissaire divisionnaire – la première femme de l'histoire de la police française à accéder à ce grade –, elle est aujourd'hui écrivain, auteure d'une vingtaine d'ouvrages dont trois pour la jeunesse. En 2013, Danielle Thiéry a obtenu le prix du Quai des Orfèvres pour son roman *Des clous dans le cœur* (Fayard).

Du même auteur,
aux éditions Syros

Nuit blanche au musée, coll. « Souris noire », 2004, 2016

Énigme au Grand Stade, coll. « Souris noire », 2016

Loi n° 49-956 du 16 juillet 1949
sur les publications destinées à la jeunesse,
modifiée par la loi n° 2011-525 du 17 mai 2011.

Mise en pages : DV Arts Graphiques à La Rochelle
N° d'éditeur : 10214800 – Dépôt légal : février 2016
Achevé d'imprimer en janvier 2016
par Jouve (53100, Mayenne, France)
N° 2300606Z

MIXTE
Papier issu de
sources responsables
FSC® C022030